HIROTTA KOINU
GA KERUBEROSU DESHITA

拾った子犬がケルベロスでした

~実は古代魔法の使い手だった少年、
本気出すとコワい(?)愛犬と
楽しく暮らします~

Arai Ryoma
荒井竜馬

主な登場人物
MAIN CHARACTER
サラ
剣のみで戦う『純剣士』の女性。魔法が使えないことを負い目に感じている。
ソータ
幼いながらもS級パーティ『黒龍の牙』に所属する少年。いつまでも基礎的な魔法しか使えないことをバカにされているが……
ケル
地獄の番犬ケルベロス。悪戯が過ぎて地獄を追放されてしまった。

バース
オリバの舎弟の冒険者。
オリバの名前を笠に着て調子に乗っている。
オリバ
『黒龍の牙』のリーダー。
素行が悪く、すぐに癇癪を起こすので周囲から恐れられている。
エリ
冒険者ギルドの受付職員。
ソータとも顔見知りで親切にしてくれる。

1　追放と出会い

「ソータ。今ここでお前を『黒龍《こくりゅう》の牙《きば》』から追放とする」

冒険者ギルドからの調査依頼をこなした帰り道。険《けわ》しい山を下っている最中に、パーティのリーダーであるオリバは、冷酷《れいこく》な顔で俺にそう言った。

「そ、そんな」

S級パーティ、『黒龍の牙』。

数年でS級まで上りつめた実績があり、周りからも一目置《いちもくお》かれているパーティだ。

本来、俺なんかが所属できないパーティなのだが、なんの偶然か俺は彼らに拾われた。

それから数年間、色々あったとはいえ、これまで一緒に旅をしてきたというのに……

「な、なんで？」

「なんでだと？　理由も分からんのか」

オリバは眉間《みけん》に皺《しわ》を寄せながら、ぴしっと俺を指さす。

「いつまでも成長が見られないからだ。基礎的な魔法しか使えないガキがいても邪魔なんだよ」

「で、でも、今まではそれでも一緒にいてくれたじゃないですか」

「それはお前がもっとガキだったのに魔法を使えたからだ。今、お前は十二歳だろ？　その年齢になれば、才能がある奴なら最低でも中級魔法くらいは使えるんだよ」

「そ、それは、そうかもしれないけど……」

確かに、俺は他のパーティメンバーに比べて年齢も低く、色々と迷惑をかけている。

俺が戦闘中にできることと言えば、基本的な支援魔法と回復魔法くらいだ。

足を引っ張っていることは自覚していたから、雑用などをやって少しでもパーティに貢献《こうけん》しようとしていた。

最近、みんな当たりが強いは思っていたけど、それでも一緒にいてくれるパーティメンバーのことを本当の仲間だと思っていた。

それなのに、急に追放だなんて酷《ひど》くないか？

「ったく、お前らが神童だって言うから拾ったのによ」

オリバはそう言うと、目を細めて他のパーティメンバーを見る。

視線を向けられた魔術師のリリスと、僧侶のナナ、盾使いのロードは揃ってため息を漏らして、順々に言葉を続ける。

「あんなに幼い子が魔法を使えればそう思うって。普通、ここまで成長しないなんて考えられないから」

「私たちがあなたを拾ったときが、あなたのピークだったのですね。ただの成長の早い子供。それだけだったみたいです」

「弱肉強食。どうせ、鍛錬《たんれん》を怠《おこた》っていたんだろ？　切り捨てられるのも当然だ」

三人は思い思いにそう言うと、俺に背を向ける。

「つまり、満場一致ってことだ」

オリバはニヤッと笑ってから剣を引き抜いて、その切《き》っ先《さき》を俺に向けてきた。

「な、何をする気ですか？」

「ただお前を追放しても、俺たちが育成に失敗したって思われるだろ？　ウィンウィンにいこうや」

オリバはそう言うと、俺の首元に刃を突き付ける。そして左腕で肩を強く押してきた。

片腕であっても剣士である彼の力は強く、俺は一気に後方に押される形になる。

「え？」

俺はよろけて足をつこうとしたのだが、爪先が空を切り、ますますバランスを崩してしまう。

驚いて振り向いた先に地面はなかった。

あったのは崖《がけ》——底も見えないほどの断崖絶壁《だんがいぜっぺき》だった。

「『追放』よりも、『殉職《じゅんしょく》』の方が華があるだろ？」

オリバの嘲笑《あざわら》うような声を背に、俺はそのまま崖へと落ちていくのだった。

「う、うわぁぁぁぁぁぁぁ!!」

絶叫《ぜっきょう》も虚《むな》しく、俺は凄《すさ》まじい勢いで落下していく。

「やばいやばいやばいやばいっ！」

この勢いのまま地面に叩きつけられたら、即死は確実だ。

こんなとき、魔法でなんとかできればいいのだけど、俺が使えるのは基礎的な魔法だけ。

この状況を打破するような手段は持ち合わせていない。

つまり、どこかに掴《つか》まらないと……マジで死ぬ！

辺りを見回すと、ちょうど良くこちらに突き出ている木の枝があった。

俺は落下していく中で、なんとかその枝を掴むことに成功した。

た、助かった。

そう思ったのも束《つか》の間《ま》――

ボキッ！

その枝は大きな音を立てて折れてしまった。

さ、最後の頼みの綱が……

一瞬、木の枝を掴んだおかげで勢いが弱まった気がしたが、すぐにまた元の落下スピードに戻される。

みるみるうちに崖の下に見える地面が近づいてきて、俺は強く目を瞑《つぶ》る。

もうダメだ！

そう思った瞬間、何かが破裂したような音が響く。

それと同時に、吹き上げてきた風によって俺の体がふわっと浮く。

な、なんだ？

予想外の事態に目を開けてみると、地面からモクモクと白い煙が上がっていた。

その煙の中央には怪しげな紫色の光があって、何かがモゾッと動いている。

俺はその光に吸い寄せられるように落ちていき……どしんっと尻餅をつく。

「いったぁぁ」

俺はそんな声を漏らして、辺りを見回す。

死を覚悟したのに、どうやら少しお尻を痛めるだけで助かったらしい。

草地だったおかげで多少衝撃が和《やわ》らげられたとはいえ、突然吹き上がってきた正体不明の突風がなければ、今頃俺はミンチになっていただろう。考えるだけでも恐ろしい。

というか、一体何が起きたんだ？

立ち上がろうと地面に手をついたとき、俺は地面に紫に光る曲線が描かれていることに気がつく。

これは、魔法陣？

この手の魔法陣は、召喚魔法などを行うときに使うものだと聞いたことがある。

こんな崖の下で、誰かが召喚魔法を行った？

いや、確か召喚魔法の魔法陣は黄色に光ると聞いたことがある。

そうなると、これは召喚魔法ではない？

俺が首を捻《ひね》りながら立ち上がってお尻を撫《な》でていると、徐々に白い煙が晴れてきた。

そして、煙の中から、黒い影がヌッとこちらに近づいてきたのが分かった。

ま、魔物!?

俺は腰に提《さ》げている短剣を引き抜いて、戦闘態勢に入る。

いや、待て……俺に魔物が倒せるのか？

パーティにいた頃、まともに魔物と戦ったことがなかった。

そんな俺になんとかできる相手なのだろうか？

俺は不安を抱きながら、短剣の切っ先を魔物に向ける。

すると、魔物はユラッとその影を揺らしながら、一歩二歩と俺に近づいてくる。

「ほぅ、古代魔法の使い手か。そして、これほどの魔力……よい。気に入ったぞ、少年」

人語を話す魔物？

困惑《こんわく》している俺をそのままに、その魔物はさらに数歩近づいてくる。

「お前とならば、契約してやってもいいぞ。ふふふっ、誇《ほこ》りに思うがいい」

尊大《そんだい》な口調とは裏腹に、その魔物の足音はちょこちょこっという効果音が似合いそうだった。

気がついたときには、俺は黒くて綺麗《きれい》な毛並みに目を奪われていた。

目の前に現れた四本足の小さな魔物は、俺を見上げて言葉を続ける。

「我はケルベロス！　地獄の門番と恐れられるものなり！」

「……え？」

胸を張ってそう言い放った魔物は、誰がどう見ても可愛《かわい》い子犬にしか見えなかった。

「ふふんっ。地獄を追放されてすぐ、こんなに良い人間に出会えるとは思わなかったな」

突然俺の目の前に現れた黒色の子犬は、上機嫌そうに尻尾をフリフリとさせながら、鼻を鳴らしていた。

子犬が人間の言葉を話している？

「さぁ、さっそく契約をするぞ。人間」

その魔物は俺の脚に前足をかけて立ち上がり、こちらを見上げてくる。

契約？

ヘッヘッと子犬のような息遣いをしてはいるが、契約をしたがっているということは、この子犬は魔物なのか？

犬みたいな魔物で思い浮かぶのは……ハイウルフという狼型の魔物かな？

そういえば、この魔物は自分のことをケルベロスとか言っていた。

ケルベロスとは、神話にも登場する、頭が三つある恐ろしい怪物だ。

この子犬がケルベロス？

俺がそんなことを考えていると、目の間にいる魔物は小さくクゥンと鳴いた。

……どう見ても、危険な魔物には見えないな。

魔物かどうかも怪しいくらいで、人に害を与えるような存在でもないだろう。

当然、ケルベロスなどという怪物なわけがない。

そうなると、ケルベロスというのは、前の飼い主がこの子に付けた名前かな？

そんなことを考えながら、俺は自分が落ちてきた崖を見上げる。

ここから俺が拠点にしているタロスの街まではそう遠い距離ではないけれど、崖下から街道に戻るには大きく迂回《うかい》しなければならない。

それに魔物も多く危険な地域を一人で抜けるのは、さすがに無理そうだ。

うん。それなら、相棒がいてくれた方が心強い。

二人で頑張れば、無事に帰ることもできるかもしれないし。

俺はそう思って、尻尾を振っている小さな魔物に頷《うなず》く。

「契約？　してもいいんだけど……俺、魔物と契約なんてしたことないから、詳しく分からないんだよね」

「むむっ、そうなのか。まぁ、古代魔法《こだいまほう》が使えるのなら、従魔契約《じゅうまけいやく》など簡単だろう。さくっと終わらせてしまおう」

「古代魔法？」

首を傾《かし》げる俺を気にも留めず、小さな魔物は前足を下ろしてちょこんとお座りをした。

じっとこちらを見上げているのは、早く契約を済ませろという意味だろうか？

というか、今この魔物、古代魔法がどうとか言った？

古代魔法というのは、絶滅したと言われている魔法だ。威力が非常に強いことで有名だが、消費する魔力が多く、扱える者も限りなく少ない。徐々に継承者がいなくなってしまい、今では物語の中に出てくるだけの魔法だ。

だから、俺がそんな魔法を使えるはずがないんだけど……聞き間違いかな？

そう考えてから、俺は目の前にいる魔物をじっと見る。

従魔契約なんてやったことはないけど、このくらい小柄《こがら》な魔物ならできるかな？

従魔契約というのは、魔法で魔物と契約して命令に従わせるための手段だ。

一応、やり方くらいは知っているし、試すだけ試してみてもいいか。

失敗しないように強く祈って、やってみよう。

俺は期待の眼差《まなざ》しを向けている小さな魔物に手のひらを向けると、体の中で魔力を練る。

「『従魔契約《じゅうまけいやく》』。汝《なんじ》、我が契約のもとに従属することを誓うか？」

バンッ！

契約魔法を唱えると、突然俺と小さな魔物を囲うように大きな黒色の魔法陣が現れた。

空気中にも黒色の炎が揺らいで、どことなく禍々《まがまが》しい雰囲気《ふんいき》がある。

「な、なんだこれ？」

話に聞く契約魔法は、こんな悪魔を呼ぶみたいな雰囲気のものではないはずだ。

もしかして、普通じゃありえないような、ひどいミスをしていたりするのかな？

でも、魔法陣が出たってことは失敗ではない……よな？

俺が目の前の事態に困惑していると、小さな魔物が尻尾を振りながらきゃんっと吠える。

「もちろん！　誓おう」

その瞬間、カッと強い光が俺とその魔物を包んだ。

あまりの眩《まぶ》しさに俺は目を強くつむる。

なんだこの光はっ！

光が収まってから目を開けると、そこには上機嫌な小さな魔物がいるだけだった。

いつの間にか地面に描かれていた魔法陣も消えている。

「な、なんだったんだ？」

「ふむ！　さすがだな！　一発で成功するとは」

え？　成功？

……俺が、従魔契約を成功させたのか？

思いもしなかった事態にポカンとしていると、目の前の小さな魔物が招き猫のように前足をちょいちょいっと動かす。

「ささっ、早く名前を付けてくれ！」

「名前って……」

自分のこと、ケルベロスって名乗ってなかったっけ？

前の飼い主に付けてもらっていたであろう名前を変えちゃっていいのかな？

躊躇《ためら》いながらも、従魔契約をしたときは名前を付ける必要があるんだっけと思い出して、俺は少しだけ考える。

「じゃあ、ケルっていうのはどうだ？」

安直すぎるかもしれないが、急に言われても良い名前なんて思いつかない。

ケルベロスって名前を気に入っているみたいだったし、その頭文字から取って名付けてみた。

すると、小さな魔物は俺の付けた名前に満足したのか、可愛らしく尻尾をパタパタと動かす。

「おおっ！　いいな。それじゃあ、よろしく頼むぞ、えっと……」

「ソータだ。よろしく頼むよ、ケル」

なんとか二人で協力して、街まで戻ろうな……心中でそう呟《つぶや》きながら、小さく笑う。

パーティのお荷物の俺と、まだまだ幼い使い魔が一匹。

魔物がいる道を通って街に帰還するのは、きっと無理だろうな。

そう考えながらも、無邪気なケルの笑顔を前に、俺は口元を緩めるのだった。

――このとき俺は知らなかった。いや、信じていなかった。

ケルが初めに言った通り、俺が古代魔法の使い手であることも、ケルが本物のケルベロスだったってことも。

多分、俺じゃなくても信じなかっただろう。

だって、ケルは誰がどう見ても、ただの黒い小型犬にしか見えないのだから。

2　子犬ケルベロス

俺たちは魔物と出会わないことを祈りながら、崖の下に続く道を歩いて街に戻ろうとしていた。

その道中、ちょこちょこっと俺の隣《となり》を歩くケルは、こちらを見上げ尋ねてきた。

「そういえば、ソータはあそこで何をしていたんだ？」

俺は少し苦笑しながら頬《ほお》を掻《か》く。

「パーティのお荷物だからって、追放されちゃってね。俺を殉職扱いにするために、パーティのリーダーに崖から突き落とされたんだよ」

せっかく従魔になってくれたのに、いきなり情けない話を聞かせてしまったかもしれない。

俺が乾いた笑いで誤魔化《ごまか》そうとすると、ケルは首を傾げる。

「ソータがお荷物？」

「うん。俺のいたパーティってS級でさ。俺にはS級パーティに見合う実力がなかったんだ」

俺は基礎的な魔法しか使えないし、何か秀《ひい》でているものがあるわけではない。だから追放されるだけなら、分からないことはない。

それでも、いきなり崖から落として殺そうとするのはどうなんだと思う。

「意味が分からないな」

「うん。さすがに酷いよね」

「ああ。ずいぶんと酷いことをする奴だな。ただ、それ以上に分からないことがある」

「分からないこと？」

ケルは首を傾げたまま俺をじっと見て、言葉を続ける。

「ソータがお荷物というのが分からない」

「分からないって……あ、言ってなかったね。俺って基礎的な魔法しか使えないんだよ」

またまた情けないことを告白してしまった。

せっかく、俺を気に入ってくれていたみたいだけど、さすがに幻滅《げんめつ》したよね。

俺は気まずさから顔を伏《ふ》せようとしたのだが、ケルは未だに腑《ふ》に落ちてないような顔をしている。

「古代魔法だぞ？　基礎的な魔法ができるだけで規格外ではないか」

その言葉を聞いて、俺はピタリと足を止める。

勘違《かんちが》いかと思ったけど、二度も聞き間違えるはずがない。

「なぁ、ケル。さっきも言っていたけど、俺が古代魔法使えるって――」

俺が古代魔法のことを聞こうとしたとき、『魔力探知《まりょくたんち》』に反応があった。

ここから十数メートル先の岩陰に、魔物の気配がある。

俺の様子から危険を察したのか、ケルは俺の視線の先に顔を向けた。

その直後、岩陰からヌッと姿を見せたのは、ハイウルフだった。

思いもしない事態が重なりすぎて、注意力が散漫になっていたみたいだ。

……もっと早くに気づくべきだった。

「やはり、常時古代魔法を発動していたか。我が相棒ながら恐ろしい人間だ」

ケルが何か呟いているが、こちらに近づいてくるハイウルフから目を離せなくなっている俺には、いまいち上手く聞き取れなかった。

「まずい。なんとかして逃げないとだよね」

俺の呼びかけに、ケルは気の抜けた返事をする。

「逃げる？　なぜだ？」

「なぜって、俺一人でハイウルフを相手にしたことなんてないし、勝てる気がしない」

今までパーティにいたとき、俺はサポートしかしてこなかった。

一度だけ魔物と戦おうとしたこともあったのだが、オリバに邪魔だからどけと怒鳴《どな》られて、それ以来、魔物との戦闘は他のパーティメンバーに任せていた。

だから、俺はハイウルフどころか、無害のスライムを倒した経験すらない。

そんな俺がハイウルフの相手をするのは、荷が重すぎる。

「勝てる気がしない？　よく分からんが、それなら我がやろう」

ケルはそう言うと、なんでもないことをするかのように、トコトコとハイウルフに近づいていく。

体格差は歴然だし、どう考えても勝てるはずがない。

そう思った俺は、ケルを止めようと慌《あわ》てて手を伸ばす。

「いや、危ないって――」

しかし、俺の手がケルに届こうかというとき、ケルがフッと俺の前から消えた。

消えた？

「ギャンッ‼」

バガンッ！

妙な悲鳴が聞こえて目をそちらに向けると、ハイウルフが何かに吹き飛ばされた。そして勢いそのまま崖に叩きつけられて、岩肌にめり込んでいる。

「え？」

瞬《まばた》きした先には、こちらに振り向いているケルがいるだけだった。

「ケ、ケル？」

予想外の事態に、俺の声がうわずる。

すると、ケルは小さく首を傾げてから、トテテッと可愛らしく俺のもとに戻ってきた。

「なんて顔をしている。ケルベロスがあんな魔物に負けるとでも思ったか？　……それにしても、軽く小突《こづ》いただけでここまでか。驚いたな」

ケルは崖にめり込むハイウルフを見て、しみじみと呟いていた。

そんな光景を目の当たりにして、俺はありえないはずの可能性を考えてしまう。

もしかして、ケルって本当のケルベロスなのか？

ハイウルフを簡単に屠《ほふ》った小さな魔物を前に、俺は開いた口が塞《ふさ》がらなくなる。

「ま、待ってくれ。ケルって本当にケルベロスなの？」

「そうだが？　改めてどうしたんだ？」

……マジか。

「えっと、本当に？」

「本当だ。嘘《うそ》など吐《つ》くわけがないだろう。ソータに本当のことを言えと命令されれば、すぐに嘘などバレるのだぞ？」

「た、確かに。それもそうか」

従魔契約をしたということは、ある程度は魔物に命令を聞かせられる。

抵抗すれば、命令に従わないことも可能かもしれないが、それは嘘を吐いていると自白しているようなものだ。

ケルの言う通り、俺に嘘を吐く意味がない。

ということは、ケルって本物のケルベロス？

え、マジでか。

「それなら……というか、なんでケルはあんな所にいたんだ？　確か、地獄を追放されたって言ってたっけ？」

俺はケルが最初に言っていた言葉を思い出してそう言う。

地獄の門番と言われているケルベロス。そんな恐ろしい怪物がなぜ現世にいるのか気になる。

まるで誰かに召喚されたみたいだったけど……

色々と気になることが多すぎるな。

俺の質問に、ケルは気まずそうに目を逸《そ》らす。

「ふむ。少し悪戯《いたずら》が過ぎてな。門番らしくないと追放されてしまったのだ」

ケルはピンと立てていた耳をヘタッと倒して俯《うつむ》く。心なしか尻尾も元気がなくなっているように見える。

「鬼の棍棒でブーメランをしたり、どのくらいハープを聞いたら寝てしまうかチキンレースをしたり……閻魔様《えんまさま》の笏《しゃく》に悪戯をしたのは、やりすぎたみたいだ」

ケルはクゥンと鳴くと、悲しそうに顔を伏せてしまう。

ケルの容姿は子犬そのものだが、エピソードは地獄でしか体験できないようなものばかりだ。

でも、やっぱり見た目がなぁ……

俺がそう思っていると、顔を上げたケルが不満そうにこちらをじっと見る。

「む？　まだ我がケルベロスだと信じていないな。ん？　我がケルベロスだと理解したから、古代魔法で従魔契約をしたのではなかったのか？」

「ああ、そうだった。そのことも聞きたかったんだ」

ハイウルフに遭遇《そうぐう》したせいで、聞きそびれていたんだった。

「俺が古代魔法を使ったって言ってたけど、俺はそんなの使ったことないよ？」

「何を言っている？　今も使っているだろ？」

「いや、今使っているのは、常時発動させてる現代魔法《げんだいまほう》だよ。いくつかの支援魔法とか、『魔力探知』の魔法を使ってるだけだ。まぁ、どれも基礎的な魔法だけど」

仲間たちに快適な旅をしてほしいし、いつ戦いになっても援護できるようにしておきたいという思いから、常に自分を含めたパーティメンバーには支援魔法をかけていた。

今は俺とケルの二人だけだけど、何があってもいいように支援魔法は常時発動させている。

……まぁ、基礎的な魔法すぎて、元パーティメンバーにはかけても変わらない支援魔法だって馬鹿《ばか》にされてきたけど。

「本気で言っているのか、ソータよ？」

ケルはそう言うと、俺の脚につかまって立ち上がる。

そして、尻尾を小さく左右に振ってから得意げに言った。

「常時発動させるような魔法は現代魔法にはない。それらは全て古代魔法だからなせる業《わざ》だ」

「常時発動できる魔法は古代魔法……？」

予想もしなかったことを言われて、俺はしばらく固まってしまった。

そんな俺の反応を見て、ケルも驚くように目をぱちくりとさせている。

「まさか、本当に無自覚で使っていたのか？　……ソータよ、誰かに古代魔法を習ったのではないのか？」

「いや、家の古い小屋にあった魔導書で魔法を覚えたんだよ。そういえば、表紙もなくてボロボロだった気がする……かなり年季が入っていたっけ」

「独学で古代魔法を使えるようになったのか。凄《すご》いな、ソータは」

俺は本を読みながら、一人で魔法を学んできた。

だから、知識も偏っていて、パーティの魔術師であるリリスが話す魔法の理論がよく分からなかったのだ。

説明が簡略化されすぎていて、なんでそんな理論で魔法を使えるのか不思議に思ったことは一度や二度ではなかった。

俺にとってリリスの話す魔法の理論は、簡略化というよりも、何かが欠如しているようなものだったから。

俺はそんなことを思い出しながら、ぼそっと呟く。

「俺の魔法理論が古代魔法によるもので、リリスが使っているのが現代魔法……確かに、それならリリスの魔法理論が簡略化されていたと感じるのも納得がいくか」

見ると、ケルはうんうんと頷いていた。

確かにケルに言われればそんな気もする。

それでも、まだ納得できない部分もある。

「でも、古代魔法って威力が強いことで有名だよね？　そんな威力のある魔法を使える気がしないんだけど……あっ、まずい」

言いかけたところで、俺はこちらに近づいてくるハイウルフの気配に気づいた。

「そう言うのなら、試しに撃ってみればいい。ほら、ちょうど相手が来たぞ」

ケルも気配を察知しているようで、そんなことを言う。

しかし、まだ距離があるせいか、ハイウルフは俺たちの接近に気づいていないようだった。

「支援魔法よりも、攻撃魔法を使ってみた方が自分の力に気づくかもしれないな」

ケルにそう言われて、俺は半信半疑ながらも頷く。

俺一人だったら逃げ出していただろうけど、今はハイウルフを簡単に倒せるケルがいる。

それなら、最悪俺がハイウルフを仕留め損なっても、ケルにトドメを刺してもらえばいい。

俺が使えるのは基礎的な魔法ばかりだから、ここは初級の攻撃魔法を唱えることにしよう。

俺は少し遠くにいるハイウルフに手のひらを向ける。

「『火球《かきゅう》』」

俺が魔法を唱えると、手のひらに顔の大きさくらいの炎が形成された。

普通ならもっと小さく圧縮された火の玉になるはずなんだけど……やっぱり、魔力の制御が甘いみたいだ。

本来の『火球』の大きさまで圧縮しようとしても、これ以上小さくはできない。

この魔法、ハイウルフの所まで届くかな？

途中で形を保てずに消えてしまうかもしれない。

俺はそんな心配をしながら、手のひらにできた『火球』をハイウルフ目がけて飛ばす。

ゴウッ！

「ギャンッ‼」

すると、俺が出した『火球』は勢いよく飛んでいき、そのままハイウルフの体を吹っ飛ばした。

「え？」

俺の『火球』でハイウルフが倒れた？

俺は目の前で起きた事態が上手く呑み込めず、倒れているハイウルフのもとに駆け寄る。

『火球』の当たった場所は瞬間的に業火《ごうか》で焼かれたように黒く変色しており、焦《こ》げた臭いが立ちこめている。

そして、倒れているハイウルフはピクリとも動かなくなっていた。

「ど、どういうことだ？」

「だから言っただろ。ソータがお荷物なわけがないのだ」

驚いている俺に対して、ケルはこうなることが分かっていたかのように言った。

ケルは倒れているハイウルフをちらっと見てから、こちらに振り向く。

「ソータの支援魔法があれば、駆け出しの冒険者でもそれなりに活躍ができるぞ」

「駆け出しって、俺がいたのはＳ級パーティだったんだけど」

「つまり、今までのパーティの活躍はソータがいてこそ、ということだな」

ケルはそう言うと、ヘッヘッと舌を出しながら、不敵に笑った。

「俺がいたから？」

「ああ、間違いないだろうな」

さすがに、そんなことがあるはずがない。

そう思いながらも、ハイウルフを初級魔法一発で倒してしまった光景を見た後だと、その言葉を強く否定できない自分がいた。

ケルはふふんッと笑ってから、得意げな顔で俺の前を歩きだす。

俺は慌ててその背中を追いかける。

「待ってくれ、ケル。なんでケルってそんなに色々知ってるの？」

ケルはさっきまで地獄にいたはずだ。

それにしては、この世界のことを色々と知りすぎている。

気になって聞いてみると、ケルは思い出すように遠い目をしながら言葉を続ける。

「地獄にいた罪人と話すことがあったからな。色々と知っているのだ」

「な、なるほど。確かに、この国の冒険者たちもいつかは天国か地獄に行くもんな」

まさか、死者から話を聞いていたとは。もしかしたら、ケルは俺以上にこの世界に詳しいなんてこともあるかもしれない。

こんな魔物が従魔になってくれたなんて、かなり心強いな。

「……っと、あんまり油断してちゃダメだよな。ケル、こっちの道に行こう」

俺は魔物の気配を感知して、前を歩くケルを抱きかかえる。

二手に分かれている片方の道の先には、魔物の群れと思われる気配を感じた。

さすがに、自ら群れに突っ込んでいく必要はないよね。

ケルは俺に抱きかかえられて、体を浮かせたまま足をチョコチョコッと動かしている。

「ソータ、なぜあっちの道に行かない？」

どうやら、ケルはそのまま魔物の群れに向かいたいみたいだ。

……こんなに可愛らしい顔をしているのに、かなり好戦的な性格なのかな？

「なぜって、そっちは魔物がたくさんいるからだよ。不要な戦闘は避けた方がいいでしょ？　それに、多分こっちの方が近道だよ」

「我とソータがいれば魔物に負けることはないから、戦いたかったが……近道なら仕方がないな。ソータに従うとしよう」

ケルはふんすっと鼻息を吐いてから動かしていた足を止めて、俺の顔を見上げる。

「それにしても、ソータは凄いな。ケルベロスである我と同じくらいの『魔力探知』ができるではないか」

「凄いなんて言われたことはないけどな。前のパーティでは、『もっと早く教えろ！』って怒鳴られてたし」

「今よりも早くと言われるのか……なるほどな。魔法のことを全く知らない連中なのだろうな」

地面に下ろしてやると、ケルは崖の上の方を見つめながらポロッと呟く。

「まぁ、帰ってこられるかは、我の知ったことではないな」

よく聞こえなかったが、遠くを見るようなケルの目を見ると、俺に向けて言ったわけではなさそうだ。

その言葉が誰に向けられているのか、このときの俺には見当もつかなかった。

3　ソータが抜けたパーティ

一方その頃『黒龍の牙』の面々はというと、ソータを落とした崖からタウロの街へ帰ろうとしていたのだが……

「クソッ！　なんでただ帰るだけなのに、こんなに苦戦するんだよっ！」

往路でかかった倍の時間が過ぎても、彼らは未だ街に帰れずにいた。

苛立《いらだ》ちを覚えて癇癪《かんしゃく》を起こしたオリバと同じように、他のパーティメンバーもフラストレーションを溜めていた。

「ここら辺の魔物は妙に強いな。それに、奇襲がかなり上手いとみた」

盾使いのロードは疲れが溜まった腕を伸ばして、息を深く吐く。

魔物との戦いで一番攻撃を受けるのは盾使いの彼なので、他の三人よりも多く疲労が溜まっていた。

「なんか今日、調子悪いかも。いつもよりもダルいし、魔力が全然溜まらないんだよねぇ」

魔術師のリリスは、いつもすぐに使えるはずの魔法がすぐに撃てないこと、さらにその威力が弱いことに違和感を抱いていた。

「分かります。何よりも……いつもよりも、足が重いです」

僧侶のナナは、普段ならなんでもない量の運動しかしていないのに、息が上がって汗をかいていた。立っているのもままならない様子で、しまいにはその場にぺたんと座り込んでしまった。

オリバはパーティメンバーが疲弊《ひへい》している様子を見て、足を止める。

「おいおい、いつもこんなに疲れないだろ、お前ら……おい、ナナ。回復魔法を全員に頼む」

軽々しく要求するオリバに、ナナは不満げな目を向ける。

「またですか？　さっきかけたばかりじゃないですか。そんなポンポンとかけられませんよ」

「ちっ、仕方がない。またここで休憩《きゅうけい》をとるか」

オリバはそう言うと、雑にその場に腰を下ろす。

行きは一度も休憩などしなかったのに、帰路は同じ道を歩いているだけなのに、何度も休憩をとっている。

オリバはそんな現状に苛立ちを覚えながらも、溜まった疲れに抗《あらが》えず、座って足を休めた。

「クソッ、こんなことならもっと街の近くであのクソガキを始末しておくんだったな」

「そう言うな、オリバ。殉職金を貰うためには、疑われないように遠くで始末をする必要があったんだ」

ロードはオリバをなだめるようにそう言ってから、殉職金の金額を思い出して口元を緩める。

それを見たオリバも、釣られて同じような笑みを浮かべていた。

「ねぇ、私たちにもちゃんとくれるんでしょうね？」

リリスにぐいっと身を寄せられて、オリバは満更でもない様子でニヤリと口元を歪《ゆが》める。

「当たり前だ。俺たちは、仲間だからな。あ、ナナ。お前も、誰にも言うんじゃねーぞ」

「言いませんよ。途中から殉職金を貰うために、あの子をパーティに置いていたことも」

オリバはナナの返答を聞いて、満足げに頷く。

そう、彼らはソータを殉職させて、そのときにギルドから支給される金を山分けする計画を立てていたのだ。

S級冒険者などランクの高い冒険者が依頼中に命を落とすと、冒険者ギルドから殉職金が払われる制度がある。

しかし制度を利用するための保険料が高いこともあって、ほとんどの冒険者が入ることはない。

それでもオリバたちは、本来ソータに支払われる依頼の達成報酬《たっせいほうしゅう》の大半をその保険料につぎ込むことで、殉職金が貰える手続きを完了していたのだ。

そして、本来家族などに支払われる殉職金が自分たちの手に渡るように書類も偽造済み。

見込みがないと分かってもソータをパーティに置いた理由は、パーティの在籍年数によって支払われる金額が違うからだった。

数年置いて殉職と見せかけて殺害する。

そうすることで、パーティメンバーで多額のお金を山分けできる。

これは殉職金目当ての数年がかりの計画だったのだ。

「とりあえず、帰ったらギルドから出た金で一杯やろうぜ」

「ああ、賛成――ん？　ま、まずいっ！　ゴブリンだ！」

すでに帰れることを確信しているオリバの提案に乗りかけたロードだったが、こちらに迫ってきているゴブリンに気づいて急いで盾を構える。

「ちょっと、まだ全然休めてないんだけどっ！」

「も、もう戦うんですか？」

「また奇襲かよ！　今日だけで何度目だ、クソッ！」

リリス、ナナ、オリバの三人も、慌てて戦闘態勢に入った。

しかし、彼らは気づいていなかった。

体が重いのも、魔法の威力が弱いのも、ソータをパーティから追放したことが原因なのだと。

そして、自分たちがソータの支援魔法に助けられていた事実にも、ソータなしではC級の力もないパーティだという現実にも、気づいていなかった。

◆

それから数日かけて、オリバたちはなんとかタロスの街に帰還した。

いつもはソータが『魔力探知』や支援魔法をかけてくれるから楽だったのだが、今回はそれがなかった。

その結果、ただ帰還するだけの道のりが長く険しいものになってしまったのだった。

「クソがっ！　どれだけ魔物出てくるんだよ！」

毒づくオリバを、ロードがなだめる。

「まぁ、いいじゃないか。これだけ俺たちが疲れているんだ。あいつが死んだ話も真実味が出るだろ」

「はぁ、それもそうだな。早く殉職金を受け取って、宿で一杯やるぞ」

ロードの言葉で自分を納得させてから、オリバは他のパーティメンバーに目を向ける。

リリスは杖に体重を預けて立っているのがやっとで、ナナはしばらく前からずっと息が上がっていて、ろくに口もきけないくらいに疲れている。

（俺たちがこんな状態になるくらい辛《つら》い帰路だったんだ。どの道、あのガキは死んでただろう）

オリバはそう思いながら、声を潜めて仲間に告げる。

「いいか、お前ら……ちゃんと、演じろよ」

ロードたちが頷いたのを確認してから、オリバは冒険者ギルドの扉を開けた。

そして、疲労と苛立ちで歪んでいた顔を伏せて、流れてもいない涙を隠すようにしながらカウンターに向かう。

自分からカウンターに来たのに、いつまでも顔を上げようとしないオリバたちの様子を不思議に思い、受付を担当する女性職員のエリは首を傾げる。

「すまない。依頼は達成したのだが、大事なパーティメンバーを亡くしてしまった」

「え？　パーティメンバーをですか？」

エリはオリバの後ろに控えるロードたちを見て、眉をひそめる。

「ああ。パーティメンバーのソータが、俺の指示を無視して一人で魔物と戦うと言って聞かなくてな。本人の意思を尊重したのだが、魔物の手にかかってしまった」

「ソータくんが、ですか？」

エリはロードたちのさらに後方に一瞬目を向けてから、すぐにその目をオリバに戻す。

「ああ。見て分かると思うが、Ｓ級パーティの俺たちでも苦戦を強《し》いられてな……クソッ、まだ幼い命だったのに！　俺の大事な仲間を殺した魔物どもめ！　許せない‼」

憤りを感じているような演技をするオリバの肩を、ロードがポンと叩く。

「オリバ、あれは仕方がなかったんだ。むしろソータは冒険者として、男として立派だった。殉職というやつだな」

リリスとナナもしみじみとした様子で言葉を続ける。

「そうね。私たち全員で止めたけど、聞かなかったんだもの。殉職したのも仕方がないわ」

「ええ。惜しいですが、これも神のお導き。殉職も運命なのでしょう」

オリバたちは大根芝居で『殉職』であることを強調するように、ソータが死んだ経緯を説明した。

終始顔が引きつっていたエリだったが、オリバたちは彼女の複雑な表情に気づくことはなかった。

「……そういえば、ソータは自分が死んだときは、殉職金を俺たちパーティに渡してくれって言っていたな」

オリバは白々《しらじら》しく言うと、偽造した書類をカウンターに置く。

それを見たロードたちは目元を押さえて、わざとらしい演技を続ける。

「あいつ、よくできた奴だったな。死んでも、俺たちのために……」

ロードがそう言うと、リリスはオリバが置いた書類の中から一枚の封筒を見つけ出して、あっと驚く声を上げる。

「見て！　別添えの手紙に、私たちへの感謝の気持ちが書かれているわ！」

「どうやら、私たちに育ててもらったことを感謝しているみたいですね。本当に、惜しい子を亡くしました」

ナナはオヨヨッと泣くような仕草をして、そのままぺたんと膝から崩れ落ちた。

そんなパーティメンバーの気持ちを汲んだという様子で、オリバが代表して続ける。

「そういうわけで、殉職金の受け取り手続きをしたいんだ。ソータの意思を継げるのは、俺たちしかいないからな！」

オリバがそう言うと、他のパーティメンバーたちがこくんと頷く。

一見、仲間の死を乗り越えようとしている結束力のあるパーティのように見える。

しかし、ギルドにいた他のパーティたちは、そんなオリバたちの姿を見て唖然《あぜん》としていた。

感動しているわけでも、憐《あわ》れむわけでもない。

やがて、ギルドにいたオリバたちを除く冒険者たちの言葉を代弁するかのように、受付職員のエリがため息を漏らす。

「あの……ソータくん、後ろにいますよ？」

「「「は？」」」

そう言われてオリバたちが振り向くと、そこには数日前に、一足先に街に帰ってきていたソータとケルの姿があったのだった。

◆

時は数日前に遡《さかのぼ》る。

パーティメンバーの裏切りによって崖から落とされた俺――ソータは、再び目にしたタウロの街並に感動していた。

「ほ、本当に帰ってこられた。もう見られないかと思っていたよ」

俺は傷を負うこともなく、なんとか街に帰ってくることができたのだ。

一時はどうなるかと思ったけど、まさかあそこから生還するなんて……

少し遠かったが、『魔力探知』で魔物の少ない道を選んで進んだ甲斐《かい》あって、安全に街まで戻れた。

それに、距離があるにしては思ったよりも時間はかからなかった。

パーティにいたときは、オリバたちのわがままを聞きながらだったから、非効率だったんだよなぁ。

そんなことを考えていると、ケルが辺りを見渡してふむと声を漏らす。

「ここがソータの住んでいる街か。ふむ、なかなか良い所じゃないか」

「うん、結構住みやすいかもね。とりあえず、冒険者ギルドに行って、俺が死んでないことを報告しないと」

殉職扱いになると、当然冒険者として活動ができなくなる。

色々と複雑な手続きをしないと復帰させてもらえないだろうから、一刻も早く生存を伝えなければならない。後はオリバたちが出したであろう俺の殉職届が嘘だと報告しないと。

……それに、彼らに殺されかけたことも報告しておかないとね。

パーティの追放だけならまだしも、さすがにこの仕打ちは許せない。

そう考えた俺は、一息つく間もなく冒険者ギルドに向かったのだった。

「あ、ソータくん、お疲れ様です」

冒険者ギルドに着くと、ギルド職員のエリさんが俺に声をかけてくれた。

「お疲れ様です、エリさん」

いつもオリバたちが受ける依頼の手続きとかをやってくれていたので、彼女とはすっかり顔なじみだった。

「あれ？『黒龍の牙』って、今依頼中でしたよね？ ソータくんだけ先に帰ってきたんですか？」

「え？ 俺だけ？ 他のメンバーたちって、まだ帰ってきてないんですか？」

俺は崖の下から歩いて来たから少し時間がかかったけど、いつもなら一日で帰ってこられる距離のはず。

それなのに、なんで俺の方が先に帰れたんだろう？

「ふんっ……やはり、こうなったか」

ケルは力強く鼻息を吐いてから、そう呟いた。

驚く素振《そぶ》りはまるでなく、小さく欠伸《あくび》をしている。

それを見たエリさんは目を輝かせる。

「あらっ、可愛い子じゃないですか！ 一緒にいるってことはソータくんの使い魔ですか？」

「ふむ、我はソータの使い魔である」

「え？　ええ？　今の声って……」

返事があると思っていなかったのか、エリさんは目をぱちぱちとしながら、俺を見る。

「人間の言葉を話せるんですよ。変わってますよね」

エリさんが興味を持ったみたいだったので、俺はケルを抱きかかえて彼女に見せる。

エリさんはキャッと声を出してその可愛さに悶絶《もんぜつ》した。

彼女は断りを入れてからケルの頭を撫でる。その感触に癒《いや》されているようだ。

一応、これでもケルベロスなんだけどなと思いながら、撫でられて心地よさそうにしているケルを見て、俺は小さく笑う。

「あ、そうでした。それで、なんでソータくんだけ早く帰ってきたんですか？」

エリさんは思い出したように首を傾げる。

そうだった。

そのことを報告しに来たんだった。

色々とあったし、長くなっても報告しないとだよな。

俺はそう考えると、苦笑を浮かべる。

「えっと、実はオリバたちにパーティを追放されて……そのまま殉職に見せかけて殺されそうになりまして」

「……はい？」

エリさんは素《す》っ頓狂《とんきょう》な声を漏らしたが、俺の話を最後まできちんと聞いてくれた。

「……つまり、ソータくんは依頼中に崖から落とされて、死にかけたということですね」

「とんでもない奴らだな」

これまでの経緯をエリさんに話していると、男の人が会話に入ってきた。いつの間にかギルドマスターのハンスさんもやってきて、一緒に俺の話に耳を傾けていたのだ。

ハンスさんはガタイが良くて一見強面だが、面倒見の良い人だ。

こうして話を聞いてもらうのも、一度や二度ではない。

「まぁ、なんとか生きて帰ってこられましたけどね」

俺がそう言うと、エリさんは俺の代わりに怒ってくれているのか、プンスカッと片頬を膨らませる。

「それは、あくまで結果論です。未遂《みすい》とはいえ、そんな行為をするなんて、あってはならないことですよ」

確かに、エリさんの言う通りだよな。

偶然、ケルが魔界から追放されたのと、俺が崖から落とされたタイミングが重なったから助かっただけだ。

少しでもズレていたらと思うと、ゾッとする。

「さすがに、今回の件は素行が悪いというだけでは済みませんからね。厳重に処罰をしないといけませんね」

「はい、お願いしたいです……ただ、何も証拠がないので、言い逃がれされそうですけど」

エリさんの言葉に頷いてから、俺は頬を掻く。

オリバの素行の悪さは、この街の冒険者なら誰もが知っている。

S級に上がるまでが早かっただけに、大きな顔をすることが日常的だった。

他のパーティメンバーもオリバほどではないが、横柄《おうへい》な態度を取っている姿を何度も目にしている。

要するに、天狗《てんぐ》になっているのだ。

特にオリバは、自分が悪くても大声で言い訳をして誤魔化す癖《くせ》がある。

……逆上して、相手が謝るまで怒鳴り散らすという場面を何度見たことか。

「確かに、オリバさんなら、十分にあり得ますね」

エリさんは顔をしかめてそう言うと、腕を組んでむむっと考え込む。

証拠を揃えても逆ギレしそうなんだよなぁ。

悩むエリさんと俺を見たハンスさんが、顎《あご》に手を置いて呟く。

「ふむ……もしかしたら、別の容疑で捕まえられるかもしれないな」

「別の容疑？」

どういうことだろうかと思って聞くと、ハンスさんは小さく頷く。

「ああ。ソータを殺そうとしたのは、殉職金目当ての犯行だろう。それなら詐欺《さぎ》として――」

「殉職金？　え、そんなの出るんですか？」

死と隣り合わせな冒険者という職業なのに、そんな制度があるのか。

俺が感心して声を漏らしていると、エリさんとハンスさんは顔を見合わせた。

そして、エリさんは目をぱちくりとさせてから、俺を見る。

「申請者も少ないので覚えてますけど、ソータくんは殉職金の保険に入ってますよね？　毎月高い保険料を払ってくれてるじゃないですか」

「保険料？　なんの話ですか？」

この制度自体初めて知ったので、当然俺が入っているわけがない。

誰かと間違えているのだろうか？

俺が眉間に皺を寄せていると、エリさんは想定と違う反応だったのか、ピタッと固まってしまった。

「ソータに何も知らせていないとは……オリバの奴、俺たちが思っていた以上に汚いやり方をしていたみたいだな」

ハンスさんはそう言うと、白い髪を雑にグシャグシャッと掻く。

そして、俺はオリバたちの本当の目的を知ることになるのだった。

◆

——そして今、俺の目の前でオリバたちが冒険者ギルドに嘘の報告をしていた。

なんか、俺の知らない所で色んな準備をしていたんだな、オリバたちって。

そう考えながら、俺は彼らの大根芝居《だいこんしばい》を後ろから見物していた。

周囲にいる冒険者たちも俺とエリさんとのやり取りを聞いていたので、オリバが何をやろうとしていたのかは知っている。

だからだろう。冒険者たちはこの酷すぎる演技を前に、うわぁっと声を漏らして引いているみたいだった。

普段の素行の悪さのせいで、オリバは冒険者たちに嫌われている。

そんな事情もあって、みんなは俺の話を素直《すなお》に信じてくれたみたいだ。

つまり、オリバたちは大勢の前で、全て把握《はあく》されている状態で、大根芝居をしていたということだ。

なんだか、見ているこちらが恥ずかしくなる。

俺が生温かい目で見ていると、オリバたちがエリさんに指摘されてこちらに目を向ける。

振り向いた瞬間、彼らは目を見開いて腰を抜かしてしまった。

「うわぁっ！　な、なんでお前がいるんだよ！」

なんでと言われても困るんだけどな。

……なんだか、少しでもこの人たちを仲間だなんて思っていたことが恥ずかしくなってきた。

今まで敬語を使っていたのも馬鹿みたいだ。

まぁ、自分を殺そうとした相手を敬《うやま》えるわけがないし、もう敬語なんて使わないでいいか。

俺は大きなため息を吐いてから、侮蔑《ぶべつ》するようにオリバたちを見る。

「お前に崖から落とされて殺されそうになった後、なんとか帰ってきたんだよ」

「はぁ？　嘘つけ!!　あの高さから突き落としたんだぞ!!　どう考えても生きて帰ってこられるはずがないだろうがぁ!!」

俺が挑発気味にふっかけると、オリバは逆上しながら見事に自白してしまった。

「オ、オリバ！　落ち着け！　マズいことを言っているぞ！」

ロードが慌ててオリバの肩を掴んで止めたが、時すでに遅しだ。

「オリバ、ロード。何がマズいんだ？」

ギルドマスターのハンスさんが腕を組みながら近づいてくると、ようやくオリバも自分の失態に気づいたようだった。

オリバは目に見えて焦《あせ》りだす。

「じゅ、殉職したと思っていたパーティメンバーが帰ってきたから、気が動転してしまっただけだ。これ以上は誤解を招く恐れがあるかもな、ロード」

「あ、ああ。全くその通りだ、オリバ」

二人わざとらしくハハハッと笑って、誤魔化そうとしていた。

どうやら、本気で切り抜けられると思っているらしい。さすがに、今からじゃ何をしても手遅れな気しかしないんだけど。

「そうか、誤解か。それなら、これは一体どういうことだ？」

ハンスさんはそう言うと、カウンターの上に置かれていた書類を数枚手に取って、オリバたちにその紙が見えるように掲げる。

「あっ、やばっ」

リリスはそんな声を漏らしてから、慌てた様子で自分の口を覆う。

ハンスさんはリリスの反応に呆《あき》れるような目を向けてから、俺を見る。

「ソータ。これはお前が書いたのか？　パーティメンバーに殉職金を渡してくれという手紙らしいが」

「書いてません。そもそも、殉職金の保険に自分で入った記憶もありません」

「っ！」

俺が淡々と答えると、オリバの体がぴくんっと跳ねた。

さすがにここまで来れば、オリバの頭でもこの先の展開が読めたらしい。

「なるほど。つまり、お前らは殉職金目当てで書類の偽造をやったみたいだな。この時点で、お前らには重い処罰が下る。殉職金詐欺だけに留まらず、殺人未遂まで犯した。とてもじゃないが、ギルドで裁ける罪の重さじゃない……色々と覚悟しておくんだな」

ハンスさんが低い声で脅《おど》すように言うと、ナナがヒッと小さな悲鳴を上げる。

オリバ以外の三人は諦《あきら》めたように青い顔をして俯いていた。

しかし、オリバだけは他の三人と違って、顔を真っ赤にしている。

そして、彼は肩をプルプルと震わせて顔を上げると、バンッと強くカウンターを叩いた。

「しょ、証拠がないだろ!!」

「いや、証拠って……さっき自白してたじゃないですか」

苦《くる》し紛《まぎ》れのオリバの言葉に、思わずカウンター越しにエリさんが小声で漏らす。

「さっきのは取り乱しただけだ！　こいつが俺たちをハメようとしているだけで、俺たちは何も悪くない！」

どこまで見苦しく足掻《あが》くのだろうと思っていたら、オリバは思い出したように俺を指さしてそんなことを言い始める。

「え、俺？」

俺は頬を掻きながら、言葉を続ける。

「俺がそんなことをしても、なんのメリットもないんだけど……」

「うるさいっ！　あれだけ面倒見てやったのに、恩を仇《あだ》で返しやがって、クソガキがぁ！」

勢いだけでなんとかしようとしているのか、オリバはあまりにも理不尽《りふじん》すぎることを言う。

それから、再びカウンターを強く叩くと、大声を張る。

「書類偽装は認めてやるが、他のことは何一つ認めないからな！」

「いや、さすがにそれは無理があるって」

俺がそう言うと、オリバは眉間に皺を寄せて睨《にら》んでくる。

「なんで不満そうな顔してんだ、お前は！」

オリバは俺に近づいてくると、ビシッと人差し指を向けて言い放つ。

「冒険者なんだから、言いたいことがあるなら力で語るべきだ！　反論があるのなら、俺よりも強くなってから出直すんだな！」

ぼ、暴論がすぎる。

あまりにも幼稚《ようち》に怒鳴り散らすので、俺は言葉を失ってしまった。

しかし、オリバは論破でもしたと勘違いしたのか、満足げな笑みを浮かべている。

いや、誰もそんな暴論に乗っかる奴なんていないでしょ。

と思ったら――

「なるほど。確かに一理あるな」

ケルがうんうんと頷いていた。

「え？　ケ、ケル？」

「冒険者たるもの、拳《こぶし》で語り合うべきか。弱肉強食の世界、強い方の意見を尊重するべきだな」

「ほぅ、アホ面の魔物のくせに、よく分かってるじゃねーか。ん？　なんで魔物がしゃべってんだ？」

ケルはオリバを無視して軽くぴょんっと跳ねてカウンターに乗ると、ハンスさんを見る。

「ギルドの職員よ。何か対決になるような依頼はないか？」

「対決か？　そうだな……」

ハンスさんはケルをじっと見た後、腕を組んでしばらく考え込む。

そして奥から一枚の依頼書を取ってきて、カウンターの上に置いた。

「こんなのはどうだ？」

「ふむ。このくらいがちょうどいいだろうな」

一体、どんな依頼なんだろう？

カウンターに近づいて依頼書を見てみると、その依頼書にはC級ダンジョンと書かれていた。

C級ダンジョンというのは、C級パーティが挑むのにちょうどいいとされている難度のダンジョンのことだ。

「なんだ？　C級ダンジョンじゃねーか。こんなの、俺たちなら一日もかからないぜ」

オリバは俺をドンッと押しのけて依頼書を覗《のぞ》き込《こ》むと、余裕そうな笑みを浮かべる。

どうやら、始まる前から勝ちを確信しているみたいだ。

S級パーティとの対決……さすがに、劣勢すぎる気がする。

そんな俺の不安など知らないケルは、ふふんっと得意げに鼻を鳴らす。

「それなら、このダンジョンの最下層にいるボスを倒して、その素材を持って帰ってきた者が勝者ということでよいな」

どんどん進んでいく話をエリさんが止めようとするが――

「ちょっと、勝手に決めないでくださいよ！　ハンスさんからも言ってください！　……ハンスさん？」

ハンスさんは何も言わずにただ俺をじっと見ていた。そして彼は重々しく口を開く。

「ソータ。お前はどうしたい？」

ハンスさんの力強い視線から、俺は何かを試されているような気がした。

ちらっと見ると、ケルは任せておけとでもいうかのように余裕の表情をしていた。

普通に考えたら、勝てるはずがない勝負。

それでも、俺が古代魔法の使い手であることや、ケルが優秀な使い魔であることを加味すれば、全く勝機がないわけではない。

そして何より、俺をずっと馬鹿にしてきたオリバたちに一泡吹かせたい。

「その依頼、受けさせてください」

「ソータくん……！」

エリさんは心配そうに眉を下げているが、ハンスさんは力強く頷いた。

そんな俺たちのやり取りを見て、オリバは抑えきれなくなった笑い声を漏らす。

「ハハハハッ！　じゃあ、俺たちが勝ったら、殺人未遂と殉職金詐欺はなかったことにしてもらうからな！」

オリバはそう言うと、他のパーティメンバーを連れてギルドを後にした。

ロードたちは先程までうな垂れていたのに、刑が軽くなる可能性を示されて、盲目的に縋《すが》っているのだろう。どこか嬉《うれ》しそうにオリバについていった。

「オリバさんたち、行っちゃいましたよ！」

エリさんが焦ったように言ったが、ハンスさんは落ち着いた様子でオリバたちが出ていった扉の方を見ていた。

「殉職金詐欺だけに留まらず、殺人未遂まで犯した。とてもじゃないが、ギルドで裁ける罪の重さじゃない……俺はそう言ったはずだ。この依頼をあいつらが先に達成しても、罪が軽くなることはない。罪を軽くする権限などギルドにはないからな」

ハンスさんはそう言うと、大きなため息を漏らす。

「じゃ、じゃあ、なんで止めなかったんですか？」

エリさんは不満そうにハンスさんを見る。

するとハンスさんはニッと笑って俺の背中をポンッと叩く。

「舐《な》められたままじゃいられない。そういうことだろ?」

「ええ、そうですね」

俺は背中を押してくれたハンスさんの言葉に頷く。

ただの憂《う》さ晴《ば》らしだと言われるかもしれない。

それでも、馬鹿にされ続けて殺されかけたのなら、最後に見返してやりたいという気持ちにもなる。

「自分たちが強いと思っている勘違い、高すぎるプライド……全てズタズタにしてやろうではないか、ソータよ」

ケルはそう言うと、可愛らしい顔で悪巧《わるだく》みをするような笑みを浮かべる。

俺はそこまでは考えてなかったと思いつつも、見返すことのできる機会を作ってくれたケルに感謝をして、軽く頭を撫でてやるのだった。

4　新しいパーティの仲間

オリバたちが去った後、俺とケルは冒険者ギルドの奥にある個室にお邪魔していた。

ソファーとテーブルしかない簡素な部屋だが、少し話し合いをするにはちょうど良い広さの場所だった。

「さて、念のために作戦会議をしておくか」

ハンスさんの一言から、俺たちはここで簡易的な作戦会議をすることになった。

「仮にもオリバさんたちはS級ですからね。それなりに作戦を練った方がいいでしょうね」

エリさんはそう言うと、むむっと唸《うな》る。

ハンスさんもエリさんも、まるで自分のことのように真剣に考えてくれている。

それが嬉しい反面、俺はどうしても気になって、疑問を口にする。

「あの、どうしてこんなに良くしてくれるんですか？」

冒険者ギルドはあくまで中立な立場だと思っていただけに、こんなに俺に肩入れしてくれることが純粋に不思議だった。

するとハンスさんとエリさんは深いため息を漏らしてから、順々に言葉を続ける。

「元々、オリバたちが気に入らなかったんだ。ソータみたいな子供に面倒事を押し付けているような奴らだからな。頑張っていたソータに対する扱いもなっていない」

「そうなんですよ。多分、うちのギルドでオリバさんたちの肩を持つ人はいませんよ。今まで表立って行動できませんでしたが、問題を起こした今なら、遠慮せずにソータくんの肩を持てます」

二人は互いの意見に同意するようにうんうんと頷く。

そして、ハンスさんはニッと笑ってから俺を見る。

「そもそも、ソータの相手はS級のパーティだからな。ギルドにできる範囲で手を貸すぞ」

どれだけ頑張っても、オリバたちにかけられる言葉は罵声《ばせい》ばかりだったので、そんなふうに自分を見てくれている人がいるなんて思いもしなかった。

「あ、ありがとうございます」

俺は少しじんときた心を落ち着かせて、平常心を保とうと心掛ける。

思わず涙がこぼれそうになったけど、これから勝負だってときに泣くわけにはいかない。

そう思って、俺は力強く顔を上げる。

すると、そんなやり取りを見ていたケルが俺の手をペロッと舐める。

「心配することはない。我がいれば全て解決だ」

ケルはそう言うと、ソファーの上にちょこんと座った状態で鼻息を吐く。

冗談を言っているみたいで場が和《なご》んだけれど、ケルの言っていることは正しい気がする。

地獄の門番が味方してくれているのだから、この上なく心強いよな。

俺は頼り甲斐のある可愛らしいケルの頭を撫でて、そんなことを考える。

すると、俺たちのやり取りを見ていたハンスさんが、真剣な視線で尋ねる。

「……ソータに確認しておくことがある。この魔物は一体、何者なんだ？」

ケルの可愛さに悶絶しているエリさんに対し、ハンスさんがケルを見る目には少しの緊張感がある気がした。

「ハイウルフの子供、とかじゃないですか？」

エリさんがケルの顎の下を撫でながらそう言うと、ハンスさんは大きく首を横に振る。

「いや、そんな低俗な魔物ではないな」

ハンスさんの視線を感じ取ったのか、ケルは一通り撫でられてから自慢げに胸を張る。

「フフッ、よく見抜いたではないか。恐れおののくがいい！　我はケルベロス！　地獄の門番なり！」

「「けるべろす？」」

エリさんとハンスさんはケルの言葉を聞いて、ポカンとしてから俺を見る。

俺が静かに頷くと、しばらくそのまま固まってから、視線をケルの方に戻した。

「「ケルベロス!?」」

驚く二人の反応を前に、ケルは得意げにふんすっと鼻息を漏らす。

「ケルベロスって、あのケルベロスで合ってます？　え、なんでケルベロスがこんな所に……ていうか、頭が三つあるんじゃないんですか？」

「フフフッ、いつか本気を見せるときがあれば、その姿の一端を見せよう」

取り乱しているエリさんに肉球を見せるように、ケルは右前足を上げながら誇らしげに体を反らしている。

その姿がただの可愛らしい子犬にしか見えないせいか、エリさんはさらに困惑している様子だった。

一方、ハンスさんは口元を片手で覆って、何かをブツブツと呟いている。

「ハンスさん？」

「あ、いや、昔の伝承を思い出してな。古代魔法を扱えるものは、地獄の魔物も従魔にすることができるっていう話だ。まぁ、ただの空想上の話だろうけど……いや、まさかな」

ハンスさんはそう呟きながら俺の顔をじっと見る。

……ケルの言っていたこと、本当なんだな。

そんな俺たちのやり取りを見ていたケルは、上げている右前足をちょいちょいっと動かしてハンスさんの視線を自分に向けさせると、言葉を続ける。

「その話、合っているぞ。ソータが古代魔法で契約したから、我はソータの従魔になれたのだからな」

「古代魔法⁉」

ケルがなんでもないことのように言うと、エリさんとハンスさんはソファーからガタッと音を立てて立ち上がる。

「ソータ、それは本当か⁉」

「えっと、確証はないんですけど、その可能性が高いかなと」

前のめりになっているハンスさんの勢いに負けそうになりながら、俺は頬を掻いて視線をふいっと逸らす。

威力の高い攻撃魔法は使えるみたいだが、それが本当に古代魔法なのかと言われると確証を持てない。

というか、ここでそんなふうに断言しても、普通は絶滅したと言われている魔法が使えるなんて、信じられるはずがない。

俺はそう考えていたのに、ハンスさんは何かに納得するように頷く。

「……なるほど。ようやく、腑に落ちたぞ」

「え？　ハンスさん？」

「いや、長くギルドマスターをやっていたから、なんとなく分かるんだ。S級パーティはS級の雰囲気があるものなんだ、普通はな。それがオリバたちにはなくて、ずっとおかしいとは思っていたんだ。まさかソータのおかげだったとはな……」

ハンスさんは俺を見ながら、何度も頷く。

いや、まだ俺が古代魔法が使えるって確定したわけではないんだけど。

ハンスさんは自分で言っていて何かに気づいたのか、怪訝《けげん》そうに首を捻る。

「ん？　それなら、なんであいつらは、ソータを追放したんだ？　古代魔法が使える奴をパーティから追放なんてさせないだろ」

それを聞いたケルは、右前足を下ろして、ぐっと伸びをしながら口を開く。

「あの人間たちはソータの力に気づいていない。ソータの支援魔法がなくても、S級並みの力があると勘違いしているみたいだ」

「勘違いって、そんなことあるのか？」

ハンスさんの疑問に、俺は苦笑する。

その表情から察してくれたのか、彼は大きなため息を漏らす。

「オリバたちは、それほどまでに間抜けなのか……」

どうやら、今のでより一層オリバたちの評価が下がってしまったみたいだ。

「まぁ、これ以上オリバたちのことを話していても仕方がないか」

ハンスさんはそう言うと、頭をガシガシッと掻いてから顔を上げる。

「しかし、ケルベロスの使い魔と古代魔法の使い手ともなると、C級ダンジョンなんて簡単かもしれないな」

「でも、ソータくんって支援魔法を使うことが多いんですよね？　だったら、支援魔法をかけられる仲間がいた方がいいかもしれませんよ？」

エリさんの言葉を受けて、俺は小さく頷く。

「……確かに、もう一人いたら心強くはありますね」

俺はこれまで魔物と戦ってこなかったので、圧倒的に経験不足であることは否定できない。

実際に魔物と戦ったのは、オリバに崖から突き落とされて、この街に帰ってくるまでの間だけだ。

俺よりも戦闘経験のある仲間がいてくれたら、色々と助かるかもしれない。

「仲間にするならどんな奴がいいとかあるのか？」

ハンスさんに聞かれて、俺は腕を組んで少し考える。

多分、どんな職業がいいのかを聞いているのだろう。

それでも、俺が今度の仲間に求めるものは一つだけかもしれない。

「できれば、今度は裏切ったりしない人がいいですね……俺みたいな境遇の人って、他にいたりしませんかね？」

パーティメンバーに追放されたり、裏切られたりしたことのある人なら、その痛みを知っているから、裏切らないかもしれない。

そう思って聞いてみると、エリさんは思い出したように声を漏らす。

「あ、一人いますね」

「本当ですか？」

「ええ、最近C級パーティをやめることになった人が一人。その人、剣士なんですけど、少し特殊な方でして」

「特殊な方？」

俺は歯切れの悪いエリさんの言葉に首を傾げる。

C級パーティにいたのなら、ある程度の実力はあるはずだ。

それなのに、なんでこんなに言いづらそうにしているのだろう？

俺の視線に耐えきれなくなったのか、エリさんは諦めるように口を開く。

「剣士は剣士でも、『純剣士《じゅんけんし》』なんですよ」

「なるほど……純剣士、ですか」

純剣士というのは、肉体強化や剣士特有の魔法を全く使わない、剣一本で戦う剣士のことだ。

当然、剣の実力が同じ者同士なら、魔法を使えた方が強い。

それが分かっているのに魔法を使わないのには、理由がある。

純剣士の大半は魔法を使わないのではなく、魔力が全くないから使えないのだ。

昔は剣の道を極めた者として純剣士と言われていたらしいが、今では現代魔法が使えない『時代遅れの剣士』と馬鹿にされている。

そんなこともあり、古代魔法の使い手ほどではないが、今の時代純剣士はほとんどいないのだ。

多分、パーティを追放されたのも、その人が純剣士だから軽く見られたのだろう。

「……紹介してもらえませんか？　その純剣士の人を」

「いいんですか？」

「はい。お願いします」

力不足でパーティを追放される——そんな俺と似た境遇を聞いて、なんとなく親近感が湧《わ》いてしまった。

気のせいかもしれないけど、その人となら上手くやれそうだ。

そう思った俺は、さっそくその純剣士の人を紹介してもらうことにしたのだった。

◆

純剣士を紹介してもらえることになり、俺は冒険者ギルドにある訓練場に向かった。

そこで鍛錬でもしているのかと思ったのだが、俺が連れていかれたのは、その訓練場のさらに奥にある、手入れをしていない老朽化《ろうきゅうか》した施設だった。

エリさんの話によると、昔使っていた旧訓練場らしい。

エリさん曰《いわ》く、純剣士の人には特別に使用許可を出しているとのこと。

こんなさびれた所で剣の修業に励《はげ》むということは、自分が訓練をしているところを周りに見られたくないからだろう。

どうやら、純剣士というのは想像以上に風当たりが強い職なのかもしれない。

そんなことを考えながら旧訓練場に向かうと、そこには一瞬見惚《みと》れてしまうほど綺麗な素振りをしているお姉さんがいた。

「あっ、いた。サラさん、ちょっといいですか？」

エリさんが声をかけると、サラさんと呼ばれた女性は、手を止めてこちらに振り向く。

凛《りん》とした佇《たたず》まいのお姉さんは、小さく首を傾げる。

「エリさん……ええ、大丈夫ですよ」

サラさんはそう言うと、剣を鞘《さや》に収めてちらっと俺を見る。

「この子は？」

「ソータくんです。サラさん、新しいパーティになかなか入れないと聞いたので、この子とパーティを組んでみてはどうかとご提案を」

エリさんがそう言うと、サラさんは目をぱちくりとさせる。

「……この子と？」

「はい。どうですかね？」

エリさんがこくんと頷いたのを見て、サラさんは膝に手を置いて、俺の目線に合わせるように軽

く屈《かが》む。

そして髪を耳にかけて俺の顔をじっと見る。

俺が見つめられることを恥じらうように視線を外すと、サラさんは姿勢をもとに戻して小さく首を横に振る。

「やめておこう。他を当たってあげてくれ」

「え」

あっさり断られて、俺は間の抜けた声を漏らす。

何か失礼なことをしてしまったか、単純に俺が幼くて頼りなく見えたのか。

俺は食い下がろうと思ってサラさんを見上げたが、その顔はどこか申し訳なさそうにも寂《さび》しそうにも見える表情だった。

なんで、そんな顔をするのだろう？

エリさんが一歩サラさんに近づく。

「それは、サラさんから見てソータくんが弱く見えるからですか？」

エリさんがそう聞くと、サラさんはもう一度首を横に振る。

「違うさ。この子を騙《だま》しているようで悪いんだ」

サラさんはそう言うと、俺に悲しそうな笑みを見せる。

「ソータといったね。申し訳ない、お姉さんは純剣士といって魔法が何も使えないんだよ」

見ているこちらが苦しくなるような表情は、これまで彼女がパーティで受けてきた仕打ちが原因なのだろう。

同じような境遇を経験しただけに、俺にはその辛さが他の人よりも分かる気がした。

気がつけば、俺は拳を強く握《にぎ》っていた。

すると、ケルがちょんちょんっと俺の脚を叩く。

「……ずっと気になっていたのだが、なぜ純剣士が弱いという認識なんだ？」

ケルはそう言うと、不思議そうに首を傾げた。

確か、ケルは地獄で冒険者たちから色々と話を聞いたと言っていた。

だから、説明をしなくても事情が分かると思っていたのだが、どうやらそうではないらしい。

「ま、魔物がしゃべった？」

サラさんは目をぱちくりとさせてケルを見ると、そのまましばらく固まってしまった。

エリさんがケルの顎の下を撫でながら代わりに答える。

「別に純剣士が弱いってわけではないんですよ。ただ、剣士特有の魔法が使える方が強いってだけです」

ケルは気持ちよさそうに目を細めながら言う。

「ああ、そういう認識なのか。それは間違いだな。もとはと言えば、純剣士に劣る者が、純剣士と並ぶために魔法を使い出したのだ」

「「え？」」

予想外の言葉に固まる俺たちを前に、ケルはテシテシッと後ろ足で頭を掻きながら気持ち良さそうな顔をしていた。

「……ケル、どういうことだ？」

俺は思わず聞き直していた。

「そのままの意味だ。まぁ、それも古代魔法が絶滅する前の話だがな」

ケルは驚く俺たちを見ながら、なんでもないことを言うかのように言葉を続ける。

「冒険者はそもそもパーティを組むのだろう？　昔は完全分業制だったのだ。強い支援魔法を使える者がいれば、剣士が魔法を使う必要などないからな。中途半端な魔法を使うよりも、純粋な剣技が使える者の方が良いとされていたんだ」

「ケ、ケルさん。そんな話どこで聞いたんですか？」

さっきまでケルを撫でていたエリさんは、手を止めてズイッと前のめりになっていた。初めて聞く話に少し興奮しているみたいだ。

ケルはふむと言ってから、エリさんを見る。

「現代魔法が出てきてから、剣士が中途半端に魔法を使うようになったと地獄でボヤいた奴がいてな、そいつから聞いた。まぁ、それも魔術師が現代魔法しか使えなくなったのが原因らしいがな」

ケルは俺を見て続ける。

「ソータが古代魔法を使えるのだ。純剣士以上に合う仲間などいないだろう」

その言葉を聞いて、俺はハッとしてサラさんを見る。

自分の支援魔法が特別優れているとは思わないけど、ケルはずっと俺の魔法を古代魔法だと言っている。

それが本当なら、俺とサラさんが組めば、かなり強いパーティが作れるのでは？

「こ、古代魔法が使えるのか？　そんな神童がいたとは……」

サラさんが大袈裟《おおげさ》に反応するので、俺は思わず謙遜《けんそん》する。

「神童なんて凄いものじゃないですよ。俺もパーティを追い出されたんです」

「神童を追い出した？」

サラさんは目を見開いて俺を見る。

そんな反応にクスッと笑いながら、俺はまっすぐ彼女を見つめ返す。

「はい。でも、最後にそのパーティを見返したくて、勝負をすることにしたんです」

「パーティを見返す……」

俺の言葉を繰り返したサラさんは、思うところがあるのか、口をキュッと閉じる。

微《かす》かに俯くサラさんを見ながら、俺は言葉を続ける。

「……なので、サラさん。俺に力を貸してくれませんか？　パーティを追い出された古代魔法使いと純剣士。二人で成り上がって、俺たちを追い出したパーティにぎゃふんと言わせてやりましょうよ！」

俺が手を差し出すと、サラさんは顔を上げる。

その表情は、悪戯めいた笑みを浮かべていた。

「考えてもみなかったよ。純剣士だからという理由で、私をパーティに誘ってくれる人がいるなんてね」

わずかに緩めた口元は嬉しそうで、俺も釣られてニッと笑う。

「乗った。二人で元いたパーティを見返そうじゃないか」

サラさんは俺の差し出した手を握ると、年相応の少女みたいに笑った。

うん。やっぱり、悲しそうな表情よりも、こっちの表情の方が良く似合う。

そんなことを考えて、俺はその手を握り返した。

こうして、古代魔法使いと純剣士。そして、地獄の門番を使い魔とする最強のパーティが結成されたのだった。

◆

一方その頃、オリバたちは宿に戻って食堂で酒盛りをしていた。

重罪を犯したというのに、彼らは本気で自分たちの罪が軽くなると勘違いしているらしく、すっかり気が緩んでいる様子だ。

「危なかったなぁ！　なんとか首の皮一枚繋《つな》がった感じだな！」

オリバは一気に酒を呷《あお》って、すでに一仕事終えたような笑みを浮かべている。

「ああ。まさか、ソータよりも先にダンジョンを攻略するだけで刑が軽くなるとはな」

ロードもすでに勝利を確信しているらしく、安堵《あんど》の息を漏らす。

「どうやっても、私たちの勝ちでしょ。そもそも、あいつがC級ダンジョンをクリアできるわけないし」

「同感ですね。今日は疲れましたし、明日の午後にでもゆっくり出発しましょう」

リリスの言葉にナナが同意して、口元を緩める。

街に帰ってくるまでの数日間、魔物相手に苦戦をしたというのに、そのことについては誰も触れなかった。

偶然不調が重なっただけ。

各々が頭の中でそう考えており、本当の理由に気づく者はいなかった。

自分たちは強いという慢心のせいで、今までソータに助けられていたことに思い至らなかったのだ。

「そうだな。もっと後でもいいかもしれないけどな……あのガキがダンジョン内で死んで不戦勝ってオチも面白いな！」

そう言って、オリバは大きな笑い声を上げる。

他の客から白い目で見られているというのに、それに気づけないほどオリバたちは周りが見えていなかった。

「もしかしたら、『やっぱり、なかったことにしてください！』って泣いて謝りに来るんじゃないの？」

リリスがふざけるようにそう言うと、またオリバたちの席から大きな笑い声が上がる。

そんなタイミングでカランッと扉を開けて宿の食堂に顔を覗かせたのは、冒険者ギルド職員のエリだった。

隣にはソータとケル、サラを連れている。

「あっ、やっぱり、ここにいましたね」

「なんだ？　受付の女とソータじゃないか。ていうことは……」

ロードはソータの姿を見ると、噴き出した。

その反応に釣られるように、他のパーティメンバーたちもクスクスッと笑い出す。

「おい、ソータ。C級ダンジョンに入るのが怖くて、勝負をなしにしてくれって謝りに来たのかー？」

オリバは酒の入ったグラスを傾けてからそう言うと、ソータを小馬鹿にするようにニヤニヤと笑う。

「違いますよ。今回の勝負でソータくんもパーティを組むことになったので、その報告に来ただけです」

少しムッとしたようなエリの言葉を聞いて、リリスはソータの隣にいるサラに目を向ける。

「ん？　あっ、その人『時代遅れの剣士』じゃないの？」

リリスがサラを指さすと、笑いを堪え切れなくなったオリバが大きく噴き出した。

「『時代遅れの剣士』って、あの魔法が何も使えないっていう……ガハハハッ！　これは傑作《けっさく》だ！　無能二人でパーティを組むって言うのかよ！」

オリバは「腹がいてぇ」と大声で笑う。

するとソータが一歩オリバに近づいて顔を上げる。

「無能なんかじゃないよ、少なくともサラさんは」

「あん？　なんだその反抗的な目は」

ソータに言い返されるとは思わなかったのか、オリバはガタッと椅子から立ち上がる。

オリバがそのまま距離を詰めようとしたところで、エリが二人の間に入った。

「とにかく、今回はオリバさんたちに対して、ソータくんとサラさん、それと使い魔のケルさんで臨みますから。後で文句を言われないように言いに来ただけです」

「文句？　ハハハッ！　言うわけないだろうが！　そんな無能が何人いても変わんないからな！」

一瞬ピリッとした後、すぐにオリバはまたツボに入ったように笑う。

ソータが何か言い返そうとすると、それを見たサラが彼の腕を掴んで制した。

ナナはつまらないものを見る目でサラを見てから、短く息を吐く。

「私たちは明日の午後にダンジョンに向かう予定です。あなたたちは先に行っても構いませんよ？」

「いや、俺たちも明日の午後に出るよ。後で騒《さわ》がれても面倒臭いしね」

ソータにそう言われたナナは、ぴくんっと小さく肩を動かしてから、睨み返す。

ソータがその視線に臆《おく》さずにいると、オリバが酒の入ったグラスをドンッと力強くテーブルに置いた。

「ソータ……お前、誰に口利いてるか分かってんのか？」

「オリバ、やめておけ。こいつらのことだ。ここで手を上げさせて、ダンジョンの勝負を有耶無耶《うやむや》にさせたいだけかもしれないだろ」

ロードはオリバをなだめながらもソータたちを見下しながらニヤニヤと笑う。

「おっと、そうだな……せいぜい、ちゃんと正々堂々勝負しろよ、ソータくん」

オリバは余裕のある顔でそう言うと、ひらひらっと手を振る。

エリは一瞬眉間に皺を寄せるが、すぐにいつもの営業スマイルを浮かべた。

「それでは、明日の午後からソータくんたちとオリバさんたちの勝負開始ということで、ギルドマスターに伝えておきますね」

エリはそう言い残すと、ソータとサラを連れて食堂を後にするのだった。

◆

「エリさん、すみません。面倒なことをお願いしてしまって」

宿の食堂を出たところで俺が頭を下げると、エリさんは手を横に振って小さく笑みを浮かべた。

「いいんですよ、ソータくん。このくらい言わないと、後で騒がれますからね」

なぜオリバたちに挨拶に来たかというと、サラさんと一緒にパーティを組むことを事前に言った方がいいと、エリさんが提案してくれたからだった。

確かに、こうやって知らせておかないと、オリバが後でごねそうだ。

結果として、ただ喧嘩《けんか》を売られただけになってしまったけど、言質《げんち》はしっかりと取れたし、悪くはなかったただろう。

「ソータ……私のために怒ってくれようとして、ありがとうね」

「いえ、気にしないでください。さすがにカチンと来ただけです」

俺がそう言うと、サラさんは眉を下げたまま小さく笑う。

せっかく少し元気になってくれていたのに、また少し暗い顔になってしまった……

「ずいぶんと見当はずれのことを言っていたな、あの人間たちは」

ケルは大きなため息を漏らしてから、ニヤッと笑った。

「あれだけ勘違いをしているのだ。あの人間たちが負けたとき、どんな顔をするのか楽しみであるな」

ケルはちょこちょこっと可愛らしく歩きながら、悪いことを考えるような顔をする。

俺もそれに釣られて少し笑ってしまった。

「あれだけ馬鹿にしてきたんだ。圧勝してやりましょうよ、サラさん」

「……ああ、そうだな。見返してやろう、あいつらを」

俺がケルのように悪い顔をすると、サラさんはそんな俺たちを見て小さく笑った。

「きっと、『黒龍の牙』を負かすことができれば、すぐに噂《うわさ》になる。私のいたパーティにもその噂が届くだろうな……うん、俄然《がぜん》やる気が出てきたよ」

サラさんは元気を取り戻したようで、足取りが微かに軽くなったていた。

そんなサラさんを見て、エリさんが口元を緩める。

「ソータくんとオリバさんの勝負のことを知っている冒険者さんも多いので、すでに噂になっていますよ。皆さん、S級パーティである『黒龍の牙』が勝つと思っているので、その予想をひっくり返したときの衝撃は大きいでしょうね」

エリさんは両手で拳をきゅっと握って、ふんすっと鼻息を漏らす。

「ソータくん、ケルさん、サラさん。オリバさんたちをぎゃふんと言わせてくださいね！」

エリさんの言葉は、ギルド職員たちの言葉を代弁したかのような重さがある気がした。

どうやら、オリバたちは俺が想像している以上に冒険者ギルドにも嫌われているらしい。

——そして、翌日。

俺たちは冒険者ギルドの職員に見送られながら、C級ダンジョンへと向かうことになったのだった。

5　C級ダンジョン

「……ここがC級ダンジョンか」

冒険者ギルドを後にした俺たちは、今回勝負の舞台になるダンジョンに来ていた。

俺はダンジョンの入り口で外観を観察してから、小さくふむと頷く。

ダンジョンはできて時間が経てば経つほど、中が複雑になっていくと言われている。

ここは誕生してからさほど時間が経っていないのか、ダンジョンとしてはあまり規模が大きくないようだ。

そこを考慮すると、今回のダンジョンはC級くらいのパーティが攻略するのにちょうどいいかもしれない。

「おいっ、いつまで入り口で突っ立ってんだよ」

ドンッと肩を押されて振り向くと、そこには不機嫌そうな顔をしているオリバたちがいた。

行き先が一緒だったこともあり、ここまで来る馬車も彼らと同じものを使用したのだ。

「どうせトロトロ進むんだろ？　それなら、せめて邪魔にならないように後から来いよ」

「そうだな。先が詰まったらこっちまで帰りが遅くなる。泊まりにでもなったら面倒だ」

オリバとロードは軽口を叩きながら、特に警戒することもなくダンジョンの奥へと向かおうとしていた。

「え？　泊まる道具を何も持ってきてないの？」

いくら日帰りで戻れる可能性があっても、ダンジョンのような場所に行くのなら、最低限数日は滞在できるように準備をしていくのが普通だ。

俺たちと比べてオリバたちの荷物が極端に少ないのが気になってはいたが、まさか何も準備しないでダンジョンに挑む気なのか？

「はぁ？　馬鹿にしてんのか？　S級の俺たちがこんなダンジョンに泊まりがけで潜るわけないだろ」

「あんたたちと一緒にしないでくれる？　こんなジメーッとした所に長くいられるわけないでしょ」

オリバとリリスは振り返って俺を鼻で笑った。

オリバはニヤニヤしながら俺を指さして、皮肉を言った。

「俺たちも新しく荷物持ち君をメンバーに入れないとな。まぁ、少なくとも基礎的な魔法しか使えないような雑魚《ざこ》以上の奴をな」

「そうですね。あと、剣しか能のない者をパーティに入れるのもやめてくださいね」

続けてナナがサラさんを見ながらそんなことを口にする。

どうやらオリバは、俺がサラさんの分の荷物も持っているから、荷物持ちだと言って見下しているみたいだ。

いや、剣士が動きやすくするために他のパーティメンバーが荷物を持つのって、珍しいことではない気がするんだけどな。

オリバたちは俺たちを馬鹿にしてすっきりしたのか、笑い声を上げながらダンジョンの奥へと向かって行った。

その背中を見て、ケルが呟く。

「……ふむ、ダンジョンの中では何が起きてもバレんよな？　ソータよ、処すか？」

「いや、いいって。あんな奴ら相手にすることもないよ」

本気で言っている気がして、俺はケルを抱きかかえて動きを制す。

ケルなら簡単にオリバたちをやれるかもしれないけど、そんなことをして手を汚させるのは嫌だ。

そのまましばらく抱きかかえていると、ケルは「ソータがそう言うなら仕方ない」と言って折れてくれた。

「ソータ、私たちも行こうか」

「はい、そうしましょう。でも、その前に……」

サラさんに促《うなが》され、俺はケルを地面に下ろすと、出発前にみんなに支援魔法をかけることにした。

『筋力増強《きんりょくぞうきょう》』に『魔力増強《まりょくぞうきょう》』、『自動回復《じどうかいふく》』などの基礎的な支援魔法を何度か重ねがけしておく。

『黒龍の牙』時代、オリバに「基礎的な魔法しか使えないなら、せめて何重にもかけろよ」と言われていた。

普通は同じ支援魔法を重ねても意味がないんだけど、俺は効果を増幅する方法をなんと編《あ》み出《だ》したのだった。

「よっし、支援魔法をかけておきましたよ」

俺がそう告げると、サラさんは何か気になるのか、しきりに体を大きく動かしはじめた。

彼女は困惑するような顔で自身の腕をじっと見て、しばらくの間固まってしまった。

「これは……こ、こんなに凄いのか、ソータの支援魔法は！」

「凄いんですかね？　いまいち自分だと分からなくて」

「これをずっとかけてもらっていたのに……あ、あいつらはその凄さが分かっていないのか？」

サラさんはいなくなったオリバたちを指さして、信じられない様子で目を見開いた。

「えっと……多分？」

「そんな馬鹿な連中がいるのか……」

どうやら、オリバたちは俺が思う以上に間抜けなのかもしれない。

驚くサラさんの表情を前にすると、そう考えずにはいられなかった。

「それじゃあ、そろそろ行きましょうか」

これ以上ゆっくりしていると、オリバたちに差をつけられてしまうかもしれないので、先に進むことにした。

少し早足気味に歩いていると、サラさんは途中で何度もぴょんぴょんと跳ねて体の調子を確認していた。

「……それにしても、凄いぞ。この体の軽さは」

「軽く跳んでるように見えるのに、凄い跳躍力ですね」

サラさんの軽やかな動きを見た俺が感想を言うと、彼女も驚いた様子で応える。

「いや、いつもはこんなに体が軽くはないんだ。これって、筋力増強の枠に収まらないいんじゃないかな？」

「そんなにですか？」

攻撃魔法の威力が普通よりも強いことは試して分かっていたが、支援魔法については今までと変わらないので、特別なことをしている実感がなかった。

それでも、初めて俺の支援魔法をかけられたサラさんにこんな反応をされると、俺の魔法が普通ではないのではないかと思えてくる。

「でも、なんで魔物と遭遇する前から支援魔法をかけたんだい？」

サラさんは不思議そうに首を傾げる。

すると、ケルが彼女の近くまでちょこちょこっと歩いていき、小さく胸を張る。

「ソータの支援魔法は一度かけると、常時発動したままになる。だから、魔物と遭遇する前からかけても問題はないのだ」

「常時発動⁉」

サラさんは目を見開いて固まってしまった。

常時発動の支援魔法って、そんなに凄いものなのだろうか？

オリバたちには「弱い支援魔法をずっとかけてるくらいで調子に乗るな」って言われていたから、そんなに驚かれると新鮮な気持ちになる。

「せっかくなら、支援魔法がかかった状態で試し斬りでもしたいものだな」

「あっ、それなら、ここから少し行った所に魔物たちが数体……あれ？」

ちょうど『魔力探知』に反応があったのだが、どうもその様子がおかしい。

どういうことだ？

俺が少し黙って考えていると、ケルが前足で俺の脚に触れた。

「ソータ、どうしたのだ？」

「いや、この先にはオリバたちがいるはずなのに、魔物たちの数が減るのがかなり遅いんだ。どういうことだろう？」

ここはC級ダンジョンだ。

S級パーティが苦戦する魔物なんているはずがないのに、『魔力探知』に引っかかった魔物たちがなかなか倒されない。

もしかして、オリバたちが苦戦しているのか？

いや、さすがにそんなはずは……

「ほぅ、それは気になるな。ぜひ行ってみようじゃないか」

ケルは尻尾を振りながらそう言うと、軽やかな足取りでオリバたちのいる方に向かっていった。

一体、何が起きてるんだ？

俺は疑問を抱きながら、前を行くケルの後を追って走り出した。

◆

一方、ソータのパーティよりも先に奥に進んだオリバたちは、ダンジョン内の魔物に苦戦を強いられていた。

襲ってきた魔物は、ゴブリンやハイウルフ、そしてゴブリンより一回り大きなハイゴブリン。

オリバたちからしたら、それらの魔物はいつもなら簡単に倒せていた格下だった。それなのに、今日はいつまで経っても魔物の数が減らせずにいた。

そんな状況に、オリバは苛立ちを隠せない。

「リリス！　早く魔法を撃てよ‼」

「そう言うなら、魔物の動きを止めなさいよ！　あんた前衛でしょ！」

オリバが魔物たちを食い止めながら命令するが、リリスは前衛の二人が抑えきれなかった魔物の処理に追われており、大きな魔法を撃つための魔力を溜められずにいた。

「オリバ、こいつら妙に強くないか⁉　一撃が重い気がするぞ！」

「クソッ！　何がC級ダンジョンだ！　冒険者ギルドの連中、適当なこと言いやがって！」

焦るロードを横目に見ながら、オリバは怒りに任せて目の前にいる魔物を斬りつける。

ガギャッ！

しかし、その刃は魔物の体を断ち切れず、途中で食い込んでしまった。

「クソったれが‼」

オリバは苛立ちながら、止まった刃を引き抜くために魔物を雑に蹴り倒す。

「はー、はー……おい、ナナ！　お前、支援魔法も使えただろ！　俺たちにかけろ！」

いつになく戦闘で疲れを感じたオリバは、息を切らしながらそう叫《さけ》ぶ。

すると、ナナは魔物から逃げながら、キッと強くオリバを睨む。

「と、とっくに使ってますよ！」

「はぁ？　これで使ってるだと？」

オリバはいつもよりも体が重いのに、支援魔法が使われているという現状が理解できずにいた。

それもそのはずだ。

ナナが使っているのは現代魔法。ソータが使う古代魔法の支援に慣れてしまった体では満足できる代物《しろもの》ではない。

「体が重くなって調子が悪い」のではなく、「今まで軽くなっていたのがなくなった」だけなのだが、誰もその事実に気づけていなかった。

「オリバ！　魔物たちが強すぎる！　ここは、一旦退《ひ》こう！」

ロードが大声で撤退を呼びかけたとき、オリバたちの間を縫《ぬ》うようにして三つの影が現れた。

「『一の型、白蓮《びゃくれん》』」

「『火球』！」

急にオリバたちの前に現れた人影は、目にもとまらぬ速さで剣を振るったり、炎の玉を自在に操ったりして魔物たちを軽くあしらった。

そして、オリバたちの前にいる魔物たちを全て蹴散らしてから、突然現れた三人組が振り返る。

「……は？」

そこにいたのは他でもない、余裕の表情をしているソータたちだった。

6　支援魔法の効果

「ソータ？　なんでソータたちが……」

魔物を蹴散らして駆け付けた俺の姿を見て、オリバたちは何が起きたのか分からず困惑していた。

「ていうか、どういうこと？　どうやって、あの魔物たちを倒したのよ！」

リリスが苛立たしげに叫んでいる。

まぁ、自分たちが馬鹿にしていたパーティから追放した人間に窮地《きゅうち》を救われれば、そんな反応にもなるか。

ケルはヘッヘッと息を弾ませながらニヤリと笑う。

「見ろ、ソータ。なかなかのアホ面《づら》を拝めるぞ」

サラさんはというと、自分の剣を見つめながら目をキラキラさせている。

「スピードだけでなく、威力まで跳ね上がっているみたいだ。ソータ、本当に凄いよ！」

オリバたちを助けるかのように割って入ってきたのに、誰も彼らを気遣う言葉は口にしていない。

そんなふうに邪険に扱いすぎたせいか、オリバがずんずんとこちらに近づいてきた。

「どういうことだ、ソータ‼」

何に対する怒りなのか、オリバは顔を真っ赤にしながらそう言う。

「……どういうことって、どういうこと？」

「決まってんだろ！　お前みたいなクソガキが、俺たちが苦戦した魔物を倒せるわけがない！　何かズルをしたに決まっている！」

「ズルって、俺はただ『火球』を撃っただけだよ」

凄い剣幕で何を言い出すかと思ったら、自分が倒せなかった魔物をあっさり倒されたことが気に入らないらしい。

俺が正直にただの『火球』を撃ったことを告げると、オリバはさらにヒートアップする。

「『火球』一撃で魔物を倒せるわけがないだろ‼　俺を舐めるのもいい加減にしろよ！」

「オ、オリバ。ダンジョン内で大きな声出すと魔物に気づかれるから――あっ」

ダンジョン内で大きな音を立てるなんて、ただの自殺行為だ。

俺は癇癪を起こしているオリバを慌てて落ち着かせようとしたが、どうやら遅かったみたいだ。

一体のゴブリンが木製の棍棒のような物を持って、こちらに向かってきていた。

これだけ騒いだのにゴブリン一体で済んだのは、不幸中の幸いかな。

俺の反応を見てようやくオリバは振り向いて、ゴブリンの接近に気づいたらしい。

しかし彼はゴブリン相手に武器を構えることなく、ニヤッと笑って俺を見る。

「ちょうどいい！　あいつをお前の『火球』で倒してみろよ！　お前ら、よく見ておけ！　このクソガキが不正をするからな‼」

オリバは周りにいたパーティメンバーに声をかけて、ケラケラと笑っていた。

しかし笑っているのはオリバだけで、他のメンバーは少し不安そうな顔で俺を見ている。

そんなことはお構いなしに、オリバはわざわざ屈んで俺と視線を合わせると、こちらをじっと見る。

ゴブリンとの射線上にいられると、攻撃の邪魔なんだけどな。

まあ……どいてくれないなら、ここから撃っちゃえばいいか。

俺はそう考えて、すっと手のひらをゴブリンに向ける。

「『火球』」

「「「っ！」」」

俺はオリバの顔の横をかすめるギリギリを狙って『火球』を撃つ。

オリバの髪をわずかに焦がしながら、火の玉が一直線にゴブリンに向かっていく。

「ウギャッ‼」

そして、『火球』が着弾したゴブリンは、炎に包まれながら後方に吹っ飛んで、動かなくなった。

その光景を見ていたオリバたちは、しばらく固まってしまった。

「な、なんだ今の威力は？」

「あの子が使ったんですか？　あんな威力の魔法を使えたなんて……」

「いや、威力もそうだけど、今の魔法の発射速度、ありえないでしょ」

ロード、ナナ、リリスは吹っ飛んだゴブリンを見て、順々に驚きの声を漏らしていた。

そして、俺の『火球』を一番間近で見たオリバはというと……

「っ！　なっ……は？」

派手に尻餅をついて、驚きのあまりまともに言葉すら出せなくなっていた。

「これで納得した？」

何も言わなくなってしまったオリバを見下ろすと、彼はハッと思い出したようにサラさんを指さした。

そして、尻餅をついた情けない姿勢のまま、唾《つば》を飛ばしながらまくしたてる。

「ま、まだだ！　そこの純剣士も一瞬で魔物を倒しただろ⁉　お前は魔法もろくに使えない、『時代遅れの剣士』じゃなかったのかよ⁉」

オリバはさっきまで俺に不正していたと言っていたのに、今度はサラさんを標的に変えたらしい。

彼女は剣を鞘に収めながら、大声で怒鳴ってくるオリバを怪訝な目で見る。

「私が使ったのはただの剣技だが？」

「け、剣技？」

剣技というのは、魔法などとは別の、剣を使った武術の型のようなものだ。

さっき魔物を倒したサラさんの剣技は、オリバが使う剣士特有の魔法を上回るモノだった。

だから、彼はサラさんが魔法を使ったと思ったのだろう。

答えを聞いてもまだよく分かっていないのか、オリバは眉間に皺を寄せるだけだった。

その反応を見て、サラさんは真剣な表情で尋ねる。

「魔法と剣技の違いも分からないって……君は本当に剣士なのか？」

「っ‼」

嫌味ではなく、本気で疑問に思ってそう聞いたのだろう。

悪気がない分余計に深く刺さってしまったのか、オリバは怒りのあまり歯をカタカタと震わせていた。

「ソータの支援魔法に助けられていたことにも気づかない連中だ。分からないのも仕方あるまい」

ケルは悔《くや》しそうなオリバと、他のパーティメンバーの顔を順番に見て、そんな言葉を口にする。

そして俺に目配《めくば》せすると、上機嫌そうにちょこちょこと歩いてダンジョンの奥へと向かおうとした。

俺とサラさんも続いて歩き出そうとしたとき、リリスがこちらを指さしながら大声で叫んだ。

「ちょっと、待ってよ！　『ソータの支援魔法に助けられていた』ってどういうこと？　そいつの魔法って、基礎的なことしかできない雑魚魔法じゃなかったの⁉」

取り乱しているリリスを見て、ケルは嬉しそうな顔でこちらに戻ってくると、にぱっとした笑みを俺に向ける。

どうやら、何か企《たくら》んでいるみたいだ。

「ソータ。一瞬だけこの人間たちに支援魔法をかけてやったらどうだ？」

……なんとなく、ケルが何を言いたいのか分かった。

「そうだね。それが一番分かりやすいかもしれないね」

俺はこくんと頷いてから、オリバたちにいつもかけていた支援魔法をこっそり使ってあげた。

すると、彼らは自分の体の変化に気がついたのか、オリバ以外のパーティメンバーが感動するような声を漏らす。

「おお、体が軽い！　良かった！　やっと調子が戻ったみたいだ」

「本当じゃん！　ずっと、調子が悪かったのにね！」

「どうやら、一時的に調子が悪かっただけみたいですね。安心しました」

ロード、リリス、ナナは順々にそう言って浮かれていた。

そんな三人を見ながら、俺は黙って支援魔法を解除する。

すると、浮かれていた三人はあからさまに困惑しはじめる。

「あ、あれ？　また体が重くなったか？」

ロードは「おかしいぞ」と体の動きを確かめながら、眉間に皺を寄せる。

さすがにこんな反応を見せられれば、俺だって自分の支援魔法が普通ではなかったことが分かる。

オリバたちがS級パーティなのに魔物たちに苦戦していたのも、普段俺がかけている支援魔法がなかったせいだろう。

やっぱり俺って、本当に古代魔法使いだったみたいだ。一緒に行動してみて、純剣士のサラさんとの相性もかなり良さそうだったし。

ロードとリリス、ナナは未だ何が起きたのか分かっていない様子だった。

そんな中、オリバだけは一人俯いて歯ぎしりしていた。

……どうやら、オリバは他のメンバーたちよりも先に、俺の支援魔法の存在に気づいたらしい。

「ちょっと、なんで？　今さっき体調戻ったのに！」

「一体、何が起きてるんでしょうか……」

リリスもナナも元の状態に戻ったことに気がついて、不安げにあわあわとしはじめた。

これ以上引っ張っても仕方がないし、答えを教えてあげよう。

「体が軽くなったのは俺が支援魔法をかけたから、体が重くなったのは俺が支援魔法を解いたからだよ」

俺がそう告げると、ロードとリリスとナナは声を揃えて間抜けな声を漏らす。

「「「え？」」」

「調子が悪い？　ふふっ、笑わせるでない。お前ら人間の元の力がその『調子が悪い』状態なのだろう？」

ケルにそこまで言われてようやく理解したのか、三人の顔がサーッと青くなる。

ただ一人、オリバだけが俯いていて表情が見えないが、肩が震えているから、おそらく怒っているか悔しがっているかの二択だろう。

ここで変に突《つつ》いても面倒だし、このまま顔を伏せておいてほしいなぁ。

なんて考えていると、サラさんがタイミングよく声をかけてくれた。

「ソータ、そろそろ行こうか」

「あっ、はい。そうですね」

そのままオリバたちを残して歩き出すと、後ろから取り乱す声が聞こえた。

「ま、待って！　……えっと、た、助けに来てくれたんじゃないの？」

「え、違うけど？」

リリスに見当違いすぎることを言われたので、俺は振り返りながら反射的にそう答える。

一体、何をどうしたらそんな勘違いをするのだろうか？

「前をトロトロと歩いていたら邪魔だと言っていただろう？　だからさっさと進むよ。他意はない」

サラさんが笑顔でそう言うと、リリスは何かを言い返そうとしてから、ぐっと言葉を呑み込んだ。

まさか、馬鹿にしていた俺たちにそんな言葉を返されるとは思っていなかったのだろう。

俺も険しい目つきでこちらを見るリリスに睨み返すと、彼女は根気負けしたようにふいっと視線を逸らす。

……少しくらい、このダンジョンで頭を冷やしてほしい。

「それじゃあ、先に行くから」

俺はそう言って、オリバたちに背を向けて再び歩き出す。

彼らにこれまでされたことを思い出して、俺は少しだけ急ぎ足でダンジョンの奥へと進んでいった。

「ソータのおかげで、少しだけすっきりしたよ。ありがとう」

俺の隣で歩いていたサラさんはそう言うと、優しい笑みを浮かべる。

その顔を見て、俺も釣られるように笑う。

「こっちのセリフですよ。このままダンジョンを先にクリアして、サラさんがいるパーティも見返しましょう」

俺が小さくガッツポーズしてそう言うと、サラさんはふふっと笑いながら頷いた。

そんなふうに楽しく話していると、すぐにオリバたちを置き去りにしてきたことも忘れそうになる。

俺は改めてダンジョンを攻略するために、通路を奥へと歩いていくのだった。

◆

「ソータたち、行っちまったな」

遠くなったソータたちの背中を見つめながら、ロードはぽつりと呟く。

今まで自分たちが強かったのは、ソータの支援魔法があったから――その事実を身をもって知らされて、オリバたちはショックを隠せないでいた。

今まで馬鹿にしていて、追放までしたメンバーに助けられ、そのまま置いていかれたことで、彼らのプライドはズタズタにされていた。

しかし、このままただ傷心に浸っているわけにはいかない。

ここはダンジョンの中なので、どこに魔物が潜んでいるのか分からないのだ。

ぼうっとしていたら、すぐに魔物に襲われる危険があることが分からないほど、ロードたちは馬鹿ではなかった。

急に押し寄せてきた不安に耐えきれなくなったのか、リリスが頭を抱えながら叫ぶ。

「ちょっと、これからどうすんのよ⁉　私たちって、あいつの力ありきだったってことでしょ？このままでいいわけ⁉」

突然の大声に驚きながら、ナナはロードと目を合わせる。

「早急にあの子をパーティに連れ戻した方が良いのでは？」

ロードは躊躇いつつ頷いてから、オリバを見る。

「……そうだな。なぁ、オリバ。今ならまだ間に合う。ソータを追いかけて、これまでのことを謝れば――」

「……黙れ」

ソータに現実を突きつけられたオリバは、ずっと俯いていた顔を上げてロードたちを睨む。

その目は充血しており、正常な判断ができるような表情には見えなかった。

「オリバ？」

「あんなクソガキの支援魔法が俺らの力の正体だぁ？　信じられるわけないだろ！　俺たちはS級のパーティだぞ‼」

オリバは肩で息をしながら、頭を掻きむしる。

「そもそもだ！　あいつは俺たちに本当の力を隠したんだぞ‼　裏切りだ……あんな裏切り者に頭を下げろっていうのかよ‼」

ソータをパーティから追放したのも、崖から突き落としたのもオリバたちだった。

どちらが裏切り者なのかは明白だというのに、逆上したオリバはそれも分からなくなっていた。

ロードとナナがオリバと目を合わせようとしない中、リリスが呆れた様子で不満をこぼす。

「……あんたがそんなんだから、ソータが本当のことを言えなかったんじゃないの？」

そう言って、リリスは怒り狂っているオリバをぐっと睨んだ。

怒りだしたオリバは手が付けられない。

それはロードもナナも知っていたので、二人は顔を引きつらせた。

「……なんだと？」

オリバは反論されたことが気に食わなかったのか、大きな歯ぎしりの音を立てた。

しかしそんな態度を前にしても、リリスは怯《ひる》まずに先程よりも強く睨みつける。

「オリバっていつもそうじゃん‼　少しでも気に障《さわ》ることがあれば癇癪起こして、扱いづらい‼　ていうか、ソータを虐《いじ》めてたのも、ほとんどあんたでしょ‼」

「はぁ？　今はそんなこと関係ないだろ！　どう考えても悪いのはお前らだろ⁉　特にお前だ、リリス‼　なんで魔術師のくせにソータの力に気づかなかったんだよ！」

「……っ！　分かるわけないでしょ！　あいつ支援魔法も基本的なものしか使ってなかったじゃん‼」

これまで激しい言い合いが続いていたが、ここで突然オリバがピタッと止まる。彼もリリスと同じことを考えていたからだ。

そして、そんな二人のやり取りを見ていたロードとナナも同様の疑問を抱いていたらしく、ぽろっと呟く。

「そうだよな。あいつの魔法って上級魔法とかじゃなかったよな？」

「ええ。多分、そこは間違いないですよね」

ロードの言葉に、ナナも自然と頷いた。

二人の会話を聞いていたオリバが鼻で笑う。

「あいつが基礎的な魔法しか使えないから、俺が何重にもかけろと命令しておいたんだよ。同じ初級魔法でも、回数増やせば多少はマシになるだろうからな」

「「「……は？」」」

オリバ以外の三人は信じられないものを見たような顔をする。

「な、なんだよ？」

「同系統の支援魔法って、重ねがけしても同じ効果しか発揮しませんよね？」

リリスが眉をひそめながら尋ねた。

「は？」

間の抜けたような声を漏らすオリバを、他の三人は常識知らずを見る目で見ていた。

「……ちっ、なんでそんな普通のことも分かんないのよ。あんたがソータの力を見抜けなかっただけじゃないの」

「な、なんだその言いぐさは‼　そもそもっ……‼」

リリスが聞こえるように文句を言うと、オリバは耳まで真っ赤にして反論しようとした。

しかし、パーティメンバー全員から馬鹿にするような目で見られて言葉に詰まる。

その結果、オリバはただ歯をカタカタと震わせて、怒りをぶつけることもできなくなってしまった。

こうして、パーティの中でもオリバの株がさらに下がることになったのだった。

◆

「そっちにゴブリンが行ったぞ、ソータ！」

ハイウルフを斬りつけながら、サラさんが俺に合図を出す。

順調にダンジョンを攻略中の俺たちは、襲ってくる魔物たちと何度目かの戦闘をしていた。

「はい！　『火球』！」

タイミングを見計らって魔法を唱えると、俺の手のひらから出た炎の玉が、ゴウッと唸ってゴブリンを捉えた。

「ウギャッ!!」

『火球』を食らったゴブリンは、大きな悲鳴を上げながら後方に吹っ飛び、そのまま息絶えた。

普通、初級魔法一撃で倒れるほどゴブリンは弱くはない。

にもかかわらず、一発の『火球』でゴブリンを倒すことができている。

……少しやりすぎたくらい焦げ跡ができているけど、一番弱い魔法でこの威力なんだから仕方がないよね。

「さすが、ソータだ。また一撃だったね」

「いえ、俺よりもサラさんの方が凄いですよ。ここまで鮮やかな動きをする剣士は初めて見ました」

「奇遇だね。私もこんな動きをしたのは初めてだよ」

サラさんは冗談めかしてそう言うと、フフッと笑う。

まだまだ余裕そうな彼女を見て、純剣士の強さに感心する。

サラさんにかけている支援魔法は、オリバたちに使っていたのと同じものだ。それなのに、彼女の動きはまるで違う。

サラさんの戦い方はオリバたちみたいな力でごり押しする感じじゃなくて、舞踊《ぶよう》のようなしなやかな動きをしていて、一つ一つの動作が洗練されている気がする。

……まぁ、結局オリバたちがごり押ししていた力も、俺の支援魔法あってこそだったみたいだけどね。

俺がそう考えていると、サラさんはふと俺から視線を外す。

「それに、あんなに強い使い魔も初めて見たよ……ケルベロスっていうのは、凄いんだね」

彼女の視線の先では、ケルが軽く突進して魔物を吹っ飛ばしていた。

「我に勝てると思ったか？　んん？」

ヘッヘッと子犬のような息遣いをして、ケルはダンジョンの壁に叩きつけて倒れた魔物を前足でぎゅむっと踏んでいる。

……可愛らしい姿と言動が合ってないよな、ケルって。

魔物が叩きつけられた壁には少しひびが入っていて、ケルの攻撃の威力の凄まじさを物語っている。

「……もう少し、俺の魔法も威力が出ればなぁ」

俺が右手を見つめながらボソッと呟いていると、ケルの可愛らしい足音が聞こえてきた。

「ソータは支援魔法の強さをどう調整しているんだ？」

そう尋ねながら、ケルがちょこちょこっと俺のもとに駆けつける。

「どうって、何回か重ねがけして強さを決める感じかな？」

俺が使えるのはあくまで基礎的な魔法ばかりだ。そんなものを一回かけただけじゃ使い物にならないとオリバに言われてから、何回か重ねがけをして支援魔法の強さを調整するようにしている。

「攻撃魔法で同じようなことはできないのか？」

「攻撃魔法で？」

思ってもみなかったケルの言葉に、俺は首を傾げる。

そもそも自分が魔物と戦う機会が少なかったから、そんなことは考えもしなかった。

でも、原理的にはいつもの支援魔法と変わらない気がする。

「……うん、できないことはないかも」

「それなら試してみるがいい。ほら、ちょうどいい実験体が来たぞ」

ケルは俺の脚に前足をかけて、尻尾を振る。

見ると、少し離れた所にハイゴブリンの姿があった。

仲間があっけなく倒されている状況を前に、俺たちを襲うことを躊躇っているみたいだ。

「うん、試してみようか」

俺はハイゴブリンに手のひらを向ける。

最悪失敗してもいい。物は試しだよね。

……でも、なんとなく上手くいく気がするんだよなぁ。

「ギ、ギィッ……」

俺が身構えると、ハイゴブリンは呻《うめ》きながら後ずさる。

さすがに、目の前で仲間が何体もやられた後に、無鉄砲に向かってはこないみたいだ。

こっちも初めての試みをするので、相手がすぐに襲ってこないのは好都合だ。

「えっと、支援魔法と同じようにだから……こんな感じか？」

常に支援魔法は重ねがけしてきた。

それと同じ要領でやるのなら、『火球』の熱源を二つ重ねる感じでやればいい気がする。

俺が頭の中でそのイメージを膨らませていくと、何かがカチリとハマるような感覚があった。

支援を重ねがけするときと非常に似ている。

「よっし、いくよ……『火球』！」

俺が『火球』を唱えると、顔の大きさくらいの二つの炎の玉が形成された。

あれ？　ただ『火球』が二つできただけ？

首を傾げていると、その二つの炎はクルクルッと回りだした。

徐々に二つの炎の玉が小さくなり、それに伴《ともな》って回転の中心部に新たな炎の玉が形成されはじめる。

炎は唸りながら大きくなっていき、初めにできた二つの炎が完全に萎《しぼ》んだ瞬間に、めらっと大きく揺れた。

そして次の瞬間、その炎は直線状に勢いよく放射され、ハイゴブリンを吹っ飛ばした。

「ギィヤアア！！！」

断末魔の叫びを残し、ハイゴブリンは黒焦げになって息絶えた。

「今のが、『火球』？」

俺は自分の右手を見ながら、眉をひそめる。

『火球』というのは初級魔法で、一般的な冒険者なら誰でも使える魔法だ。

それこそ、野営のときに火をつけるために覚える冒険者も多い。

生活をするために必要という程度の魔法なのだが……そんな次元の魔法ではなかったよね、今のって。

「ソータ。今のは絶対に『火球』ではない気がするんだけどな」

俺がしばらく何も言えずに困惑していると、サラさんが頬を掻きながらそう言った。

……なんかサラさん、少し引いてない？

「ふむ、黒焦げだな。あれだけの火力だ。おそらく、一瞬で臓器まで焼いたのだろうな」

ケルはハイゴブリンのもとに駆け寄ってそう言うと、ニパッと笑いながら尻尾を振る。

俺が攻撃魔法の重ねがけを成功させたことを喜んでくれているのだろう。

しかし、その一方で俺は素直に喜べずにいた。

魔法の重ねがけって、こんなに威力変わるの？

俺は明らかにオーバーキルしてしまったハイゴブリンを見て、引きつった笑みを浮かべるのだった。

7　ダンジョンのボス

「そういえば、このダンジョンって、最近できたもので、俺たちが最初に潜《もぐ》っているんですよね？」

歩きながら俺が質問すると、サラさんが頷いて答えた。

「確か、エリさんがそう言っていた気がするね」

新しい『火球』の使い方を覚えてから、俺たちはさらにダンジョンの奥へと進んでいった。

しかし、問題なく進めているはずなのだが、思っている以上にお宝が見つからない。

そんな現状を前に、俺は小さくため息を漏らす。

「お宝、あんまり見つかりませんね」

今回の勝負はより早くボスを倒して、その素材を持って帰ることだとは分かっているのだが、ここまでお宝に縁がないとは思わなかった。

やっぱり、ダンジョンといえばお宝を期待してしまうものだ。

周辺にお宝がないかとキョロキョロとしている俺の頭を、サラさんがそっと撫でる。

「ソータはお宝とかが好きなのか？　ふふっ……神童といっても、ちゃんと冒険者らしいところもあるんだな」

サラさんは優しい笑みを浮かべる。

彼女には、俺がパーティを追放された事情を話してある。

でも古代魔法を使えるからか、彼女はえらく俺のことを買ってくれているみたいだ。

俺はそんなことを考えながら、サラさんと会話を続ける。

「もちろん、お宝に興味はありますよ。いつも金欠なので、可能な限り回収したいですね」

「金欠？　あぁ、そう言えば、ギルドから支払われるお金はオリバたちが管理していたんだったね」

サラさんは俺を撫でていた手を止めると、眉尻を下げて小さくため息を漏らす。

エリさんから聞いたけど、俺が貰っていたお金はオリバたちと比べるとあまりにも少ない額だった。

ほとんどを殉職金の保険料にあてられていたのだから、俺の手元に残るお金は少なくもなる。

……どうりで年中金欠なわけだよ。

俺がため息を漏らすと、サラさんが人差し指をピンと立てる。

「それなら、ダンジョンのボスを倒してからお宝を探索してみようか」

「本当ですか⁉」

俺がパァッと顔を明るくすると、サラさんはこくんと頷く。

「うん、そうしよう。Ｃ級ダンジョンだから、運が良ければ結構な値が付くお宝もあるかもしれないからね」

値が付くお宝……

俺はその言葉に思わず生唾を呑み込んでいた。

もしも良いお宝を見つけられれば、いつも泊まっているボロ宿じゃない所に寝泊まりできるかもしれない。

そう思うと、俄然やる気にもなる。

俺が小さくガッツポーズをしていると、ケルがぶんぶんと尻尾を振る。

「そうだな。それに、Ｃ級ダンジョンならボスが良い物を隠し持っているかもしれないぞ」

大抵ダンジョンのボスは、そのダンジョンにあるお宝を守っている。強い魔力が込められた物や、黄金に輝くお宝などを持っていることは、力の証明になるからだろう。

だから、ボスはダンジョンの最下層という一番お宝を守りやすい所に陣取っているとも言われている。

当然、ダンジョンで一番良いお宝はそこに隠されているのだ。

Ｃ級くらいのダンジョンなら、稀《まれ》に珍しいお宝が出るとも聞くし、少しは期待してもいいよね？

「さて、何があるか楽しみだな、ソータよ」

ケルはそう言うと、大きな扉の前で立ち止まって振り返った。

どうやら、俺たちは案外早くダンジョンの最下層までたどり着くことができたみたいだ。

「ここがボスのいる部屋……」

俺は大きな扉の前で息を呑む。

オリバたちと何度かダンジョンに入った経験から、この扉の先にボスがいることは容易に想像がついた。

ようやく、このダンジョンのボスと対面できそうだ。

「準備はいいですか？」

俺はそっと扉に手をかけながら振り向く。

「もちろんだ。ソータの支援魔法のおかげでいつでも準備万全さ」

サラさんはそう言うと、きゅっと片手で小さくガッツポーズをする。

ここに来るまでの間にかなりの数の魔物を倒してきたのもあって、彼女は自信に満ちた笑みを浮かべている。

「ソータよ、我もいつでもいいぞ」

俺の隣にいたケルは、俺の脚に自分の前足をかけて立ち上がりながら、尻尾を振っている。

ボスを前にしてもいつもと変わらないケルの様子に、俺は少しだけ笑ってしまう。

……本当に、頼れる仲間たちだ。

「それじゃあ、行きますよ」

今まで、ダンジョンのボスと戦う前に、こんなに落ち着いていることなんてあっただろうか？

俺はそんなことを考えながら、大きな扉に手をかける。

扉は軽く力をかけただけで簡単に動き、ギィッと軋《きし》む音を立てて開く。

全員が扉の先の真っ暗な部屋に足を踏み入れると、突然後方で扉が勢いよく閉まった。

……どうやら、俺たちを逃がすつもりはないらしい。

扉が閉まって数秒後、俺たちを出迎えるかのように、壁際《かべぎわ》にある灯篭《とうろう》に順々に灯りがつく。

部屋が明るくなると、中央部にいた魔物の姿が露《あら》わになる。

緑色の翼と長い首、爬虫類《はちゅうるい》を彷彿《ほうふつ》させる鱗《うろこ》に、地面に食い込みそうな鋭《するど》い爪。

「ギィヤアア!!」

その魔物は威嚇《いかく》するように咆哮《ほうこう》すると、ギョロッとした目で俺たちを強く睨んだ。

「ほう、ワイバーンか。悪くない相手だな」

ケルの言葉を聞いて、サラさんは剣を引き抜き、その切っ先をワイバーンの方に向ける。

ワイバーンは中型の魔物の代表のような存在だ。

群れでいる場合もあるが、今回は一体だけ。

何度も見たことはあったけど、俺自身はワイバーンと戦った経験がない。

油断してやられたりしないように、注意しないと。

「まずは様子見ですね……『火球』！」

俺は覚えたばかりの二重『火球』を使って、直線状の炎を作り出してワイバーンを攻撃する。

しかし、ワイバーンは俊敏《しゅんびん》な動きで翼を羽ばたかせると、俺の『火球』をひょいっとかわしてみせた。

「よ、避けられた!?」

「初見でソータの魔法をかわすか。少しは骨がある奴なのかもしれんな」

ケルはそう言うと、フフッと余裕の笑みを浮かべて俺を見る。

「ソータ、我らに命令してくれ。共に戦うぞ」

ケルにそう言われて、俺は一人で戦っているわけではなかったことを思い出す。

そうだ。俺たちはパーティなのだから、一人で倒しきる必要なんかないんだ。

サラさんもこくんと頷いて俺の指示を待っている。

俺は頭を切り替えて、三人で協力してワイバーンを倒す作戦を考えることにした。

「……試してみたいことがあります。二人とも力を貸してくれますか？」

作戦通りに動ければ、ワイバーンを倒すことも難しくはないかもしれない。

そもそも、純剣士のサラさんとケルがいる時点で、負けはしないだろう。

そうなると、ただ倒すだけではもったいない気がする。

せっかくワイバーンのような中型の魔物を相手をするのなら、俺の魔法がどこまで通用するのか確かめてみたい。

俺がサラさんとケルを見ると、二人はこくんと頷く。

「もちろんさ。なんでも言ってくれて構わないよ」

「当たり前だ。さぁ、我らは何をすればいい？」

二人の頼もしい返事を聞いて、俺は少し目を見開く。

オリバのパーティにいたときは考えてもみなかったけど、パーティってこんなに頼ってもいいんだ。

そんな安心感から、俺は自然と口元を緩める。

「『火球』をさらに何回か重ねて使ってみます。少し時間がかかると思うので、それまでの間、ワイバーンの足止めをお願いします！」

俺がそう言うと、ケルとサラさんは即座に承諾《しょうだく》した。

「了解した」

「任せてもらおうか」

俺は両手のひらをワイバーンに向けて集中する。

『火球』を二重で使うことができたのなら、同じ要領でやればあと何回かは重ねができるはずだ。

そう考えて、普段の支援魔法と同じ回数である五回分の重ねがけを試みる。

「っ！　サラさん、危ないです！」

ワイバーンは陣形を組んでいる俺たちを見て、何かしてくると察したのだろう。凄い速度でサラさん目がけて飛んできて、鋭い爪で襲いかかる。

「ああ、問題ないよ」

サラさんは一切動揺を見せずに、鋭い爪での攻撃を剣で何度も弾く。

「『二の型、蓮華《れんげ》』！」

ワイバーンの攻撃を全て弾いて隙を作ったサラさんは、強く剣を振るう。

「ギィヤ‼」

すると、重いはずのワイバーンが部屋の奥の方まで吹っ飛ばされた。

ゴトンッ。

そして、サラさんの足元にはサラさんの剣技に耐えきれず割れたワイバーンの大きな爪が転がっていた。

どうやら、サラさんは剣技だけでワイバーンの爪を切り落としたらしい。

「……す、凄い」

「そうかい？　まぁ、ソータの支援魔法のおかげでもあるんだけどね」

サラさんは涼《すず》しい顔でそう言うと、切っ先をワイバーンに向けたままフフッと笑う。

「ふむ、サラよ。しばらくの間ソータを頼んだぞ」

「ケル？」

しばらくサラさんの戦いを近くで見ていたケルは、ちょこちょこっとワイバーンの方に小走りで向かう。

「足止めでいいのだな？　あの邪魔な翼を少しばかり痛めつけてやろうではないか」

ケルはちらっと振り向いて俺を見ると、すぐに視線をワイバーンに戻す。

「少しだけ、我の本気を見せてくれよう」

ケルは声のトーンを落としてそう言うと、可愛らしい見た目に反して禍々しい魔力を漂《ただよ》わせはじめた。

「ケルの本気？」

俺は思ってもみなかった事態に固唾《かたず》を呑む。

地獄の門番と言われているケルベロス。

その強さの一端を今ここで見られるということだろうか？

ケルが俺たちとワイバーンの中間くらいの距離で立ち止まると、漂っていた禍々しい魔力の量が一気に跳ね上がる。

それを見て、サラさんが呟く。

「もしかして、真の姿になるのかな？」

「真の姿、ですか？」

「ケルベロスって本来は首が三つあるものだろう？　だから、ケルも本気を出したらそうなるんじゃないかな？」

サラさんに言われて、俺は本来のケルベロスの姿を想像する。

「首が三つ……」

フェンリルにも劣らない大きな体から生える三つの首に、噛《か》みついた者の体をそのまま切り裂きそうな牙。

そして、太い脚には鋭くて地面をえぐるような爪がある。

地獄の罪人たちを軽く蹴散らす恐怖の対象。

ケルはこれから、そんなバケモノになろうとしているのだろうか?

俺たちがそんなふうに考えていると、ケルはぐいっと胸を張る。

「ワイバーンよ。貴様ごときが我の本気を見ることなど、本来はないのだぞ?」

ケルはそう言ってから、地面を強く蹴った。

すると、バンッという音と共にケルを囲むように紫色の魔法陣が形成される。

「さぁ、刮目《かつもく》せよ!!」

その言葉に合わせて魔法陣が眩く光って、ボフッと白い煙がケルを覆う。

俺は緊張感を覚えて、ごくりと唾を呑み込む。

やがて煙の中からヌッと三つの頭が現れた。

「これが我の真の姿! さぁ、震えるがいい!!」

俺たちがケルの恐ろしい本当の姿を想像していると、そこにいたのは…………三匹の可愛らしい

黒色の子犬たちだった。

え？　あれ？

頭は三つあるけど、頭が三つに分かれるとかではなく、ただ三匹の子犬が並んで尻尾をフリフリッと振っているだけだった。

「行くぞ！　我が兄弟たちよ‼」

ケルはそう言うと、三匹でちょこちょこちょこっとワイバーンに向かって走っていく。

そして、勢いそのまま体当たりをした。

「ギャアアアア‼」

すると、ワイバーンは大袈裟に後ろに吹っ飛んで、その巨体を壁に激突させた。

可愛らしい黒いモフモフの体当たり。

そんな見た目と威力がちぐはぐなケルの攻撃を目の当たりにして、俺とサラさんは間の抜けた声を漏らす。

「「え？」」

「兄弟！　翼だ！　翼を狙え！」

ケルの呼びかけを受けて、そっくりな二匹の子犬たちがワイバーンの翼にガジガジッと噛みつきはじめる。

「ギ、ギィヤアア！！！」

ワイバーンの苦悶《くもん》の叫びが響く中、ケルたちは小さい口で翼を噛んではちぎってを繰り返していく。

すると、次第にワイバーンの翼のあちこちに穴が開きはじめる。

あっという間に翼はボロボロになり、もはやワイバーンは飛ぶことができないくらいに傷付いていた。

「ソータ！　早く魔法の準備をするのだ！」

「あっ……うん！」

色々と気になることがあるけど、今は目の前のワイバーンに集中しないと。

俺は慌てて『火球』を五回重ねて撃つための準備に入る。

しかし、『火球』を二つを重ねるだけなら簡単だったけど、五つとなると数が多い。

すぐに撃てるかと思ったが、そんな簡単にはいかなそうだった。

何度か重ねているうちに、初めに重ねた『火球』のイメージが徐々に消えていく感覚がある。

きっと、このまま撃っても失敗に終わる。

……いきなりは上手くいかないのかな？

俺がそんなふうに考えていると、不意に以前にケルに言われた言葉を思いだす。

『ソータは支援魔法の強さをどう調整しているんだ？』

あ、そうだった。

支援魔法のときは、今みたいに一個ずつ重ねるような感覚ではやっていなかった。

一気に魔法を五つ展開して、それをまとめて重ねる手順でやっていたんだ。

多分だけど、攻撃魔法も同じ感じでやればいける！

俺はそう考えて、支援魔法を使っているときと同じ要領で、五つの『火球』を発動した。

そして、それらを一気にまとめるイメージで制御する。

「いける。ケル！　準備できたから離れて！」

「っ……了解した！」

ケルたちはこちらを見てハッとしてから、ワイバーンから距離を取った。

すでにワイバーンの翼や手足はボロボロだし、さっきのように俊敏に俺の魔法を避けることはできないだろう。

それに、今の俺の魔法なら万全な状態でも避けられない気がする。

俺はいつになく魔力が手のひらに集中している感覚を前に、そんなことを考える。

……この魔力が一気に放射されると思うと、ワイバーンが気の毒にも思えるな。

ワイバーンは急にいなくなったケルの動きを警戒してきょろきょろと辺りを見回していたが、そこでようやく俺が魔法を発動していることに気づいたようだった。

でも、今さら気づいたところでもう遅い。

「『火球』!!」

俺が五つ重ねた『火球』を唱えると、頭の大きさくらいの炎の玉が五つ円を描くように手のひらの先に現れた。

それらはゆっくりと円を描きながら、徐々に小さくなっていく。

同時に、五つの玉の軌道の中心には禍々しいほどに熱を溜め込んだ炎が徐々に形成されていく。

ゴウゴウッと唸りを上げて燃え盛る炎は、周りの炎の熱を奪ってさらに熱く、大きくなっていく。

そして、周りの炎が消えた瞬間、中央にある炎は赤い光の帯となって飛翔《ひしょう》し、ワイバーンを貫いた。

「ギィヤアア！！！！」

五重の『火球』はワイバーンの胸元に真っ黒に焦げた円形の風穴を開けた。

これ、『火球』っていうよりも光線なんじゃ？

ケルはピクリとも動かなくなったワイバーンに近づいて、クンクンと臭いを嗅ぐ。

「ふむ……高温すぎて、肌が少し溶けているな」

どうやら、ワイバーンを無事に討伐《とうばつ》することができたみたいだ。

……それに、もはや『火球』ではない——熱線とでも言うべき魔法を撃つこともできたし、成果としては十分だろう。

そんなことを考えながら、俺はこちらに近づいてくる三匹の可愛らしい魔物を見る。

「……えっと、何から聞けばいいのかな？」

ワイバーンの素材をはぎ取るよりも前に、三匹いるケルたちになんて言葉をかければいいのか悩ましい。

ヘッヘッヘッと息を吐きながら、尻尾をフリフリと振ってこちらを見上げている真っ黒な子犬たち。

ただのペットにしか見えないのだが、ワイバーンの動きを完全に封じ込めていたし、普通の子犬ではないことは明確だ。

「フフフッ、我の真の姿を前にして、ソータたちも驚いているみたいだな」

「うん、驚いてはいるんだけどさ。えっと、ケルベロスって、一体の体に三つの頭なんじゃないの？」

「よく気づいたな、ソータよ！」

ケルたちはそう言うと、俺の脚にしがみついて体を起こし、揃ってこちらを見上げる。

「我はケルベロスの中でも優秀でな！　三つの頭ではなく全身を三つに分けることができるのだ！」

俺が三匹分の肉球のぎゅっとした柔らかさを感じていると、ケルはその姿勢のまま少しだけ胸を張る。

「もちろん、三等分に力が分かれることなどはない。それぞれが我一体分の戦闘力を持っている。魂《たましい》を共有しているため、兄弟とも言える存在だな」

ケルはふふんっと自慢げにそう言うと、前足を下ろして回れ右をした。

「さて、それでは最後にもう一仕事したら、また元の状態に戻るとするか」

「一仕事？」

「素材をはぎ取るのだろう？　真の姿になったのに、たいして活躍の場がなかったからな。せめて、素材の回収を手伝おう」

ケルたちは振り向いてクゥンと小さく声を漏らして、俺の言葉を待っているようだった。

「どの部位をはぎ取ればいいのだ？」

「えっと、確か……」

ワイバーンの討伐した証拠として必要な物を告げると、ケルたちは頷く。

「了解した。行くぞ、兄弟たち」

すると、ケルたちは倒れたワイバーンのもとにちょこちょこっと可愛らしく向かうと、手や口を使って器用に素材を回収した。

ケルたちの愛らしさとは対照的に、解体作業は少し惨《むご》く見えるので、隣にいるサラさんは複雑な表情をしていた。

「なんか凄いものを見ている気がするよ」

「ですね」

ケルベロスが真の姿を見せると言って、三匹の子犬たちが出てきたり、素材の回収をすると言って簡単にワイバーンを解体したりする様を見ていると、色々と反応に困ってしまう。

そして、何をしていても、可愛い子犬にしか見えないのが不思議だ。

「ソータ……ワイバーンの翼って、あんな簡単に穴開かないよね？」

「……おそらくは」

ケルたちは簡単にこなしていたけど、普通に戦っていればワイバーンの翼があんな穴だらけになることはない。

それだけ、ケルたちの力が圧倒的だったのだろう。

心強いことこの上ない。

本来なら時間がかかりそうな素材の回収だったが、ケルたちのおかげですぐに終えられたのだった。

8　ダンジョンのお宝

「さて、お待ちかねのお宝タイムだね」

サラさんはそう言うと、俺を見てフフッと笑う。

ダンジョンのボスであるワイバーンを倒して、俺たちは最下層にある奥まった部屋の前にいた。

たいていのダンジョンには最下層にボスが守る部屋があり、そのさらに奥にもう一つ部屋がある。

その最奥の部屋の中に、お宝が隠されていることが多いのだ。

「はい！　どんなお宝があるか楽しみです」

俺はサラさんに笑みを返してから、その扉を押し開ける。

そこは、神殿のように大きな石柱が並ぶ部屋だった。

そして、その中央にはいかにもな宝箱が置かれている。

「どうやら、お宝はあの箱の中にある物だけみたいだね」

サラさんは部屋の中に入って、辺りをキョロキョロと見回しながらそう言った。

ダンジョン最下層のお宝部屋の中には、金銀財宝が乱雑にばら撒かれているというケースもある。

ただ今回はそんなことはなく、あるのは目の前に置かれている宝箱だけ。

「……この宝物だけ守れれば、他はいらない。それくらいの物だと嬉しいんですけどね」

「C級ダンジョンだからね。その可能性も高いと思うよ」

俺の言葉にサラさんが同意を示す。

単純に守るべき宝が一個しかなかった……なんて最悪なパターンもなくはないけど、それはあくまで下級ダンジョンの場合だ。

C級ダンジョンで今の状況なら、レアな物が入っていると期待してしまう。

ケルは宝箱がある石柱に前足をかけながら、俺を促す。

「ソータよ、早く開けて確かめよう」

サラさんもこくんと頷いている。

「じゃあ、開けますよ」

俺は宝箱の蓋《ふた》に手をかけて、一呼吸おいてから一気に開ける。

すると、そこにあったのは――

「本？」

中に入っていたのは、一冊の本だけだった。

取り出してよく見ると、少し年季が入ったものであると窺《うかが》える。

本の状態としては、表表紙以外は一応普通に読むことができる状態だ。

ただ肝心の表表紙が読めないので、どんな本なのかが分からない。

「宝箱に隠すほどの本。定番だと魔導書とかかな？」

「かもしれませんね。どうしよう、現代魔法の魔導書だと、俺には読んでも理解できないんですよね」

サラさんの言う通り、ダンジョンのお宝として魔導書が見つかることは珍しくない。

魔法を扱う者にとっては嬉しいお宝かもしれないけど、現代魔法がまともに使えない俺にとっては無価値に等しい。

売れば結構なお金になったりするかもしれないとはいえ、保存状態が良くないのが気になるよね。

「あれ？」

ページをめくっていると、俺は一つの違和感に気がつく。

「この魔導書に書かれている魔法の原理が理解できますね。ん？　前にリリスが自慢げに見せてきた現代魔法の魔導書はよく分からなかったのに、なんで分かるんだろう？」

目の前の魔導書は軽く目を通しているだけなのに、なんとなく書いてあることの意味が分かる。

なんでこんなにさらっと頭に入ってくるんだろう？

俺が顎に手を当てて考えていると、ケルが身を乗り出してきた。

ヘッヘッヘッと子犬のような息遣いで俺を見上げる。

「そんなの一つしかあるまい。古代魔法の魔導書なのだろう！」

俺はハッとして、再び本に視線を落とす。

現代魔法を使えない俺が理解できる魔導書。

確かに、それは古代魔法が書かれている書物以外ありえないかもしれない。

……これは、ひょっとして、とんでもない物を拾ってしまったのでは？

「古代魔法の魔導書？　また凄い物を見つけたね」

サラさんは驚きの声を漏らして、俺の手元を覗き込む。

「はい。多分ですけど、本当に古代魔法の魔導書みたいですね」

それから、ケルがキラキラとした目を向けてくる。

「ふむ、何か使えそうな魔法はあったか？　せっかく良い的《まと》があるのだから、試してみればいい」

ケルは手前の部屋に残っているワイバーンの残骸《ざんがい》の方に前足をピッと伸ばした。

子犬らしく可愛らしい仕草だが、言っていることは死体蹴りをして威力を試してみろという内容だ。

あまり褒《ほ》められた行動ではないかもしれないけど、ケルもいたずらに言っているわけではないだろう。

すでに解体されているとはいえ、胴体などワイバーンの主要な部位は残っているので、どのくらいダメージを与えられるのか試すくらいはできる。

それは、今後古代魔法を使うときの参考になるかもしれない。

俺はそう考えてから、魔導書をパラパラとめくってみる。

「うーん……そんなすぐに使える魔法なんてないと思うけど……あ、これならいけるかも」

初めの方のページの方が分かりやすいかと思って読んでみると、結構面白いことが書かれていた。

俺はそのままじっくりと魔導書を読み込んで、自分の中でその理論をかみ砕いていく。

……なるほど、そういうことか。

俺は小さく頷いてから、パタンッと本を閉じた。

「魔法の発射位置の移動とかならできるかも。ちょっとした応用技みたいな感じだけどね」

俺はこちらを見上げながら尻尾をフリフリしているケルにそう言ってから、閉じた本を抱えながら手のひらを地面につける。

「こんな感じかな？　……『火球』」

探り探りで魔法を唱えると、ワイバーンの胴体と地面の間から、ボンッという破裂音が聞こえた。

当たったところは直接見えないけれど、ずぶずぶと煙が上がっているので、『火球』が命中したのは間違いない。

どうやら、上手く地面から魔法を発射することに成功したらしい。

「で、できた」

まさか、一回目で成功するとは思わなかった。

もしかしたら、自己流で色々と重ねがけとかを試していたおかげかな？

……意外と上手くいくものなんだな。

「い、今、どこから魔法が出たの？」

サラさんは俺の隣で目を丸くしていた。

急に地面から魔法が出てきたから、驚いたのだろう。

俺は少しかみ砕いた言葉で、何をしたか説明する。

「魔法の発射位置を地面を通して移動させただけですよ。まぁ、奇策としてはありかもって感じですかね」

「いやいや、これはもっと凄いよ。地面から高火力の技を出せれば、奇襲もできるし、相手の動きを制限することもできる」

サラさんはしばらくの間真剣な顔で『火球』が命中したワイバーンの残骸を見て、あれこれ呟いていた。

そんなに凄かったのかな？

しばらくサラさんを見上げていると、彼女はその視線に気づいたのかハッとしてから、俺の頭を撫でる。

「ソータは本当に凄い子だよ、いつも驚かされる」

サラさんの言葉に合わせるように、ケルもクゥンと言いながら俺に体をすり寄せる。

「ふむ、少し魔導書に目を通しただけでモノにするとはな。素晴らしい主よ」

ケルにニパッとした笑みを向けられて、俺も釣られて笑う。

パーティの仲間に褒めてもらえるという慣れない状況に照れてしまい、俺は嬉しい気持ちを抑えられずにいた。

「じゃあ、その魔導書はソータが持っていてよ」

サラさんは当たり前のようにそう言った。

「え？」

俺がぽかんとしていると、彼女も同じように首を傾げる。

「……あの、サラさん。本当にこの魔導書を俺が貰ってもいいんですか？」

今回のダンジョン攻略は俺個人ではなく、パーティとして依頼を受けた。

そうなると、通常は手に入れたお宝をパーティみんなで山分けするのが通例だ。

お宝が一つの場合は、売ってそのお金を山分けすることだってある。

それなのに、サラさんは当たり前のように俺に魔導書をくれると言う。

「もちろんだよ。それはソータにしか扱えないだろうしね」

「でも、これを売ったら結構な額になるかもしれませんよ？　本当にいいんですか？」

古代魔法は絶滅した魔法で使い手はいないが、一部のコレクターは興味を示して大金を払ってくれるかもしれない。

そんな貴重な物を貰ってしまうのは、さすがに悪い気がする。

「いいんだ。私はね、道具っていうのは使ってもらえることが喜びだと思うんだよ。だから、コレクターの手に渡るよりも、その魔導書はソータに持っていてほしいな」

サラさんはそう言うと、フフッと子供のような笑みを浮かべる。

「……いいんですかね？」

少しくどいような気もするけど、俺は素直に首を縦に振れずにいた。

この魔導書にはそれだけの価値がある気がするんだ。

「むむ、まだ気になるか」

サラさんは腕を組んで考え込む。

それから妙案を思いついたとばかりに顔を上げた。

「ならば、これでどうだい？　その魔導書をソータにあげるかわりに、これからも私とパーティを組んでほしい。その、オリバたちとの勝負が終わった後も……純剣士の私を仲間として受け入れてくれるかい？」

「え、もちろんです！　むしろ、こちらからお願いしたいくらいですよ」

そういえば、サラさんにはオリバたちを見返したいからという理由でパーティを組んでもらった。

もしかしたら、目的を達成したらパーティを解散するつもりだと思われていたかもしれない。

そう思って、俺は慌てて承諾の返事をした。

「そう言ってくれて嬉しいよ。それなら、魔導書はソータが持ってくれている方が、私にとってもメリットがあるよね？　自分のパーティが強くなるんだから」

サラさんは俺の肩にポンと手を置く。

「あ、なるほど。もしかして、そのためにこの本を……？」

「それもあるけど、それ以上に私は行き場がなくてね。純剣士というだけで、煙たがられてしまうんだよ」

サラさんはこれまで受けた仕打ちを思い出したのか、小さくため息を漏らす。

でも、その顔には初めて会ったときの悲しそうな表情はなく、思い出話でもするような余裕があった。

「そんな人たちよりも、私を必要としてくれる人と一緒にいたいと思ってね」

サラさんは優しく微笑みながら髪を耳にかける。

「サラさんは必要ですよ。サラさんもケルも大事なパーティの仲間ですからね」

俺がまっすぐサラさんを見てそう言うと、彼女は微かに瞳を潤《うる》ませて頷いた。

そんな俺たちのやり取りを見ていたケルは、とてっと可愛らしくサラさんのもとに行くと、彼女の脚に自分の前足をかけて体を起こした。

ケルも何か言葉をかけてくれるらしい。

もう俺たちは、仲良しパーティなのかもしれないな。

俺が微笑ましく二人を見ていると、ケルは尻尾をフリフリとさせながらサラさんを見上げる。

「サラよ。今回の勝負でオリバとかいう人間を負かして終わるだけではもったいない。行けるところまで成り上がって、もっと奴のプライドをズタズタにしてやるのだ。そして、サラを追放したパーティの人間たちにも思い知らせてやろう！」

子犬らしく可愛く下を覗かせながらも、ケルはキラキラした瞳でそんなことを口にした。

……うん。この毒舌ぶりは、地獄の門番の名に恥じない気がする。

やっぱり、ケルは子犬ではなくて、ケルベロスなのだろう。

俺はそんなことを考えながら、相変わらずのケルの言動に少しだけ噴き出すのだった。

◆

「サラさん、こっちに小さい宝箱ありましたよ」

「本当かい？　どれ、中には何が入っているんだろう？」

ダンジョンのボスを倒してから数日。俺たちは入り口に引き返しながら、さらなるお宝を求めてダンジョンの中を探索していた。

先にボスを倒して素材を手に入れてしまったので、たとえオリバたちが最下層に着いても無駄足だ。もう急ぐ必要はないから、往路でスルーしてきたような部屋も回って、ゆっくりお宝探しができるのだ。

ダンジョンには、宝箱に化けるミミックと呼ばれる魔物がいる。

普通なら、宝箱とミミックの違いを見分けるのにも苦労するのだが、俺には『魔力探知』があるので、見誤るようなことはなかった。

何個目かの宝箱を前にして、俺たちはテンションを上げながら中身を確かめる。

「……これは、短剣ですかね。価値とかあるやつでしょうか？」

宝箱の中にあったのは、なんの変哲もない短剣だった。

俺は鞘から引き抜いて、その短剣をじっと見る。

特に錆《さ》びている様子はないけど、何か高価な装飾がされているようにも思えない。

「どれ、見せてくれるかい？」

サラさんは俺から短剣を受け取ると、見定めるようにあちこち確認する。

それから俺を見て、残念そうに首を横に振った。

「短剣としてはたいしたものではないね。まぁ、古くはないから武器屋に売りにいけば、多少は値が付くかな」

「そうでしたか。まぁ、お金になるなら嬉しいです」

俺はサラさんから受け取った短剣を鞘におさめてから、背負っていた荷袋の中に入れる。

この中には、ダンジョンで獲得した他のお宝も一緒に入れていた。

と言っても、さっき見つけた短剣みたいなありきたりな武具や、価値がそこまで高くない魔法具のような物ばかりだった。

俺が手に入れた物をじっと見ていると、サラさんが隣に来て同じように荷袋を覗き込む。

「うん、C級ダンジョンのお宝としては少し劣るけど、魔導書の他にこれだけあれば十分じゃないかな？」

「そうですね。二人で分ければお金も結構入ってくるかもしれません」

オリバのパーティにいたときは、ダンジョンに行っても俺の懐《ふところ》には少ししかお金が入ってこなかった。

でも今回は、このお宝たちを売った額の半分がもらえる。

……うん、ボロ屋じゃない宿に泊まることもできるはずだ。

そう考えると、早くも心がウキウキしてくる。

欲を言えば、もう少しお宝がないか探索したいところだけど、もう結構上の階層まで戻ってきてしまったし、今からまた下層に潜り直すのも面倒だ。

まぁ、これだけ収穫があれば十分かな？

「あれ？　何かいる……ん？」

俺は『魔力探知』の反応に気づいて、意識をそちらに向ける。

「まさか……」

俺は思わずそう呟いてしまった。

だって、ここってダンジョンの上層だよね？
俺は行きに一度遭遇して以降、あの人たちに会っていなかったことを思い出す。
「なるほど。意外だな、ちゃんと息があるみたいではないか」
ケルはそう言うと、嬉しそうに尻尾を振りながらその気配の方に向かっていった。
ケルが目をキラキラさせているということは、そういうことなのだろう。
多分、道的にも避けていくのは無理だよね。
俺は観念して、渋々ケルの後を追うのだった。

9　嫌な再会

ソータたちと分かれたオリバたちのパーティはというと……少しずつではあるが探索を進めて、ダンジョンの中層まで到達していた。

しかし、中層で魔物の群れに襲われ、逃げるように上層まで避難することになったのだった。

そして、現在。

魔物から逃げてきた疲れからその場に座り込んでいたリリスは、息を整えながらオリバを睨みつける。

「ほんっとうに最悪……あんた、支援魔法がないと、まともに魔物斬れないわけ？」

先程までの魔物たちとの戦いの中で、体力が尽きたオリバは魔物を斬ることもできなくなってしまった。

中途半端に斬りつけても食い込んだ刃が抜けなくなって余計に危ないので、オリバは途中から剣を鈍器のようにして戦っていたのだ。

当然、そんな戦い方では魔物を仕留められるはずもなく、後衛のリリスのもとにも魔物が押し寄せることになった。

「最悪はこっちのセリフだ‼　何体も魔物を斬れば疲れるんだよ！　俺以外の奴がまともに動かないから、疲労が溜まって魔物を斬れなくなっただけだろ‼」

オリバは癇癪を起こしながら立ち上がって、仲間を非難し続ける。

「ロードは盾役のくせに疲れるのが早すぎるし、リリスは魔術師のくせに、ふざけた雑魚魔法しか使わない……ナナなんて、僧侶のくせに早々に魔力切れだと？　お前ら、やる気あるのか⁉」

オリバは髪をバリバリと掻きむしりながらまくしたてた。

自分を棚に上げて言いすぎているようにも思えるが、今回は全く見当違いというわけでもなかった。

普段なら連戦続きでも疲れる素振りを見せない盾役のロードは、ソータの支援魔法がないため、魔物の群れの攻撃に押されてすぐに息切れしていた。

さらに、高火力の魔法を絶え間なく撃っていたはずの魔術師のリリスは、前衛が時間を稼《かせ》いでも、威力の低い魔法を放つのみ。

そして、いつもはパーティメンバーの怪我を瞬時に治していた僧侶のナナは、魔物との戦闘が始まるなり魔力切れになり、逃げ回ることしかできなかった。

オリバに痛いところを突かれ、三人とも誤魔化すように目を逸らす。

「うるさい、いちいち騒がないでよ。魔物が来たらどうすんのよ」

「もう疲れましたよ……怒鳴らないでください」

「今魔物に襲撃されたらマズいことぐらいは分かるだろ？　頼むから少し静かにしてくれ」

リリス、ナナ、ロードがどこか冷たい声色《こわいろ》でそう言った。

三人は目を合わせないまま順々に言葉を続ける。

「あいつがいれば今頃宿で休めてるのに、数日ダンジョンの地べたで寝ることになるなんて、最悪なんだけど」

「あの子の才能を誰かさんが見逃さなければ、こんなことにはならなかったんですけどね」

「まったくだ。オリバがソータを追い出すなんて言わなければ」

三人は分かりやすくため息を吐いて、オリバを軽く睨む。

「お、お前らなっ……」

オリバは怒りのあまり肩をプルプルと震わせながら舌打ちして、他のメンバーに背を向けた。

そして荒々しく地面に座ると、怒りに任せて頭をガジガジと掻きむしる。

そんなオリバの姿を見て、三人は大きなため息を吐く。

そんな中、こちらに向かってくる小さな影を見つけたナナは、思わず立ち上がる。

「え、あれって……」

彼女の声に釣られて、他の三人もそちらに目を向ける。

そんな彼らの視線の先にいたのは、トテテッと可愛らしい足音を立てて走ってきたケルだった。

ケルはオリバたちを見ると、ニパッと笑う。彼が目をキラキラとさせて振り向いた先には、呆れ顔をしたソータたちの姿があった。

◆

「ソータ、いたぞ。愚《おろ》かな人間たちだ！」

先に行っていたケルが振り返って俺を呼んでいる。

「やっぱり、オリバたちだったか」

ケルが嬉しそうな顔をしていたから、まさかとは思ったけど、本当にそのまさかだった。

オリバたちはもっとダンジョンの下層にいると思っていたのに、こんな所で再会することになるとは思わなかったな。

俺とサラさんが近づいていくと、ロードとリリスとナナが嬉しそうにこちらに駆け寄ってきた。

「ソータ！　ソータじゃないか！」

「よかったぁ！　私たちのこと置いていっちゃうから、どうしたのかと思ったじゃん‼」

「本当に良かったです。一時はどうなるかと思いましたよ」

え、何？

三人にこんな表情を向けられたのは初めてで、俺は困惑して眉をひそめてしまう。

彼らは俺を囲むと、旧友と会話でもするかのようなテンションで順々に話し出す。

「ソータが俺たちを置いていくことはないと思っていたぞ！　戻って来てくれて感謝する！」

「よく言うわよ、さっきまであんなに絶望した顔してたのに。まぁ、一瞬ヒヤッとしたけど？パーティに戻ってくるっていうなら、歓迎してあげるわよ！」

大袈裟な態度のロードを茶化《ちゃか》したリリスは、俺に向かってそう言った。

一方ナナは、サラさんを指さしながら一人で納得して頷いている。

「その女ではあなたの相棒は務まらなかったのでしょう。やはり、あなたの居場所はこのパーティのようですね」

まるで窮地を脱したかのような三人の態度と、引っ掛かりを覚える言葉に、俺は首を傾げる。

「え、なんで俺がパーティに戻る感じになってるの？」

「ん？　ち、違うのか？」

ロードが馴《な》れ馴《な》れしく肩に手を置いてきたので、俺はその手を払う。

「いや、普通に違うでしょ。なんで殺されかけたパーティに戻るの？」

俺が当たり前のことを指摘すると、ロードは言葉に詰まってそれ以上何も言えなくなってしまった。

「え、えっと、私たちのパーティに戻るために、戻ってきたんじゃないの？」

リリスが俺の二の腕に触れようとするが、俺はさっと身を引いてそれを避ける。

「違うよ。ダンジョンのボスを倒して、お宝も探し終えたから、街に戻るためにここを通っただけだよ」

「ボスを倒した？　え、マ、マジで言ってるの？」

「そうでもないと、こうやって戻ってこないでしょ」

俺の返事を聞いて、リリスは目を見開いたまま言葉を失う。

代わりに口を開いたのはナナだ。

「わ、私たちS級パーティよりも、そこの剣しか能がない女を取るというのですか？」

「剣の才に長《た》けたサラさんを取るよ。オリバたちと比較にならないくらいに強いし、ちゃんと俺のことをパーティの仲間として見てくれるしね」

俺は少し皮肉を込めてそう返した。

すると、ナナは一瞬何かを言おうとしたが、唇を噛んで俯いてしまった。

微妙な空気の中、今まで黙っていたオリバが鋭い目でこちらを見て一言呟く。

「……クソガキがっ」

なぜ睨まれなくちゃいけないのだろうか？

ていうか、彼らはなんでこんな所にいるんだ？

「それで、こんな所で何をしているんだ？　まさか、ずっとこの上層にいたわけじゃないよね？」

俺が尋ねると、オリバは歯ぎしりしながら声を荒らげる。

「あぁ？　馬鹿にしてんじゃねーぞ、クソガキが!!　今は中層まで行って、少し引き返して休んでるだけだ!!」

ただ質問をしただけなのに、怒りすぎじゃないか？

オリバのもとに駆け寄ったケルはこちらを振り返り、ニパッとした笑みを浮かべてから戻ってきた。

「ソータ、小休憩なんて嘘だぞ！　見てみろ、疲れ果てた表情をしている！」

ケルは嬉しそうに尻尾をブンブンと振る。

ケルの大声は当然オリバにも聞こえたようで、彼はギリッと歯噛《はが》みする。

「このクソ犬がぁ……犬まで俺を馬鹿にしやがって!!」

オリバはなんとか立ち上がると、威嚇するように引き抜いた剣を地面に叩きつけた。

「どうせ、ダンジョンのボスを倒したって話もハッタリだろ？　こんなクソガキが俺よりも先にボスを倒せるわけがない!!　そうだろ？　証拠でもあんのか？　あぁ？」

「証拠ならあるけど。今回のボスはワイバーンだったから、牙とか鱗とか爪とか、色々とれたよ」

「は？　なっ……」

俺が背負っている荷袋からワイバーンの素材を取り出して見せると、オリバは目を見開いたまま絶句する。

どうやら、よっぽど衝撃を受けたらしい。オリバはいよいよ俯いてしまった。

……まぁ、これ以上かける言葉もないか。

俺は歩き出すが、それを見たオリバは自分の顔を片手で覆うと、小さく肩を震わせる。

「ハ、ハハハッ！　そうか、そうか。それなら話が早いな」

「話が早い？」

一体何を言ってるんだ？

俺が首を傾げていると、オリバは勢いよく顔を上げる。

「そうだよ!!　今ここでお前たちを殺して、その素材を俺たちが奪っちまえば、ダンジョンのボスを倒したのも俺たちってことになるよなぁ？」

オリバはそう言うと、俺たちに向かって剣を構える。

どうやら、本気でやり合う気らしい。

……いや、普通に考えておかしくないか？

オリバたちは殺人未遂の刑を軽くするためにこの勝負に臨んでいるはずなのに、今度は未遂じゃなくしようとしているってこと？

これって、どう考えても、ただ罪を重ねるだけにしかならないだろ。

「おい、お前ら構えろ!!　こいつらを殺せば、罪が軽くなる未来が待ってんだからよぉ!!」

怒り狂っているオリバは、他のパーティメンバーに大声でそう命令する。

しかし、誰もその声に耳を傾けようとはしなかった。

それどころか、ロードもリリスもナナも「こいつ、大丈夫か？」といった目をオリバに向けている。

「おい!! 何ぼさっとしてんだよ！ こっちは四人で、あいつらは二人しかいないんだぞ！ どう考えても負けることはないだろうが!!」

オリバが大きな身振りで説得を試みるが、リリスはため息を漏らして、聞く耳を持たない。

あれ？ この四人って、こんなに仲悪かったっけ？

俺が抜けてから、何かあったのかな？

「ちっ！ もういい!! 俺がやるからな!!」

オリバは顔を真っ赤にさせてそう言うと、俺たちを強く睨む。

あれ？ 数の有利がどうのこうのって言っていたのに、一人になってもやる気なのか？

多分それを指摘してもオリバは癇癪を起こすだけだろう。

……仕方がないか。相手をしないわけにもいかなそうだしね。

俺は観念して、右手をオリバに向ける。

すると、隣にいたサラさんが俺の手にそっと触れて、小さく首を振った。

「ソータ、私の支援魔法を解《と》いてくれ」

「え？ サラさん？」

「あいつは私が相手をする。私がソータとパーティを組むのを認めない奴もいるみたいだし、少しだけ力ずくで分からせるのも悪くないかなって思ってね」

サラさんは自分を馬鹿にしてきたナナをじっと見る。

ナナは気まずそうに顔を逸らすと、そのまま俯いた。

「それに、あんなのに負けるほど私は弱くはないからね」

サラさんはそう言うと、自然な流れで剣を鞘から引き抜いて、切っ先をオリバに向ける。

「あんなのだと……？　馬鹿にしやがって‼」

怒りのあまり、オリバは手にしている剣をカタカタと震わせていた。

「魔法も使えない馬鹿剣士が俺の相手だと？　……いいぜ、それなら、俺だって魔法を使わないで相手してやるよ」

「いいのかい？　それだと君が不利すぎるんじゃないかな？」

サラさんは純粋に疑問に思ったのか、こてんと首を傾げた。

そんな悪気のない彼女の態度がオリバの逆鱗《げきりん》に触れたらしく、彼は青筋《あおすじ》を立てながら叫ぶ。

「その条件なら俺に勝てるとでも思ったのか？　俺たちはな、俺はな、S級の強さなんだぞ……お前みたいな時代遅れが勝てるわけねーだろうがぁ‼」

オリバはそう言うと、開始の合図もせず、いきなりサラさんに襲い掛かる。

ガギンッ‼

オリバの一撃は本気でサラさんの頭をかち割ろうとしたように見えたが、彼が振り下ろしたはずの剣は、手からなくなっていた。

「いっ……つっ」

ガランッ、ガラッ。

金属音が聞こえた方に目を向けると、そこにはサラさんに軽く弾き飛ばされたオリバの剣が転がっていた。

今の衝撃で痛めたのか、オリバは顔をしかめながら手をさすっている。

「勝負ありだね。他に私と勝負したい人はいる？」

サラさんはオリバに切っ先を向けたまま、ロードたちを見る。

すると、彼らは大きく首を横に振った。

まぁ、一瞬でオリバがやられた後に挑戦する人はいないか。

「サラさんって、支援魔法なしでも相当強いんじゃないかな？」

そう言って、俺は隣にいるケルをちらっと見る。

「ああ。少なくとも、あの愚かな人間たちでは勝てないだろうな。たとえ束《たば》になろうとも」

「そうだよね」

膝をつくオリバを見ながら、ケルとそんな話をした。

「ん？」

しかしそこで、俺はオリバの目がまだ死んでいないことに気がつく。

……まさかアイツ、まだ何かする気なのか？

「ふざけんなよっ……まだ負けてねーぞ!!」

オリバはそう言うと、懐から小刀を取り出す。その刀身は、魔力を帯びて黄色に光っていた。

それを見て、俺はハッとする。

あれはオリバがたまに使っていた、刀身を爆発させる魔法だ。

普段は投げナイフのように小刀を投げて使う魔法のはずなのに、オリバはその小刀を持ったままサラさんを襲おうとしている。

至近距離で爆発したら、オリバだってダメージを負うはずなのに……

そんな当たり前のことも分からないくらい、オリバは怒り狂っていた。

「魔法を使わない口約束なんて知ったことか!! 結局、お前らを殺して、ダンジョンのボスの素材を奪えばそれでいいんだよ!!」

オリバは勝ちを確信したかのようにニヤッと笑みを浮かべている。

確か、あのオリバの魔法はすぐには発動しなかったはず。

発動前に妨害《ぼうがい》されると、小刀は爆発することなく、刀身の光は収まったはずだ。

頼む、間に合ってくれ！

俺は急いで地面をバンッと叩いて、魔導書で覚えたばかりの魔法の発射位置の移動を試みる。

「『火球』！」

ゴワッ!!

「は？　……ぐわぁっ!!」

俺が『火球』を唱えると、『火球』は地面から突然現れて、オリバの小刀を弾く。

オリバの手にも少し当たった気がしたが、今のは仕方がないだろう。

「あっちぃ!!　この……ク、クソガキがぁ!!」

オリバは状況的に俺が何かをしたことを察したのか、こちらを強く睨む。

いや、どう考えても自業自得《じごうじとく》でしょ。

俺は呆れながら、サラさんとオリバの間に入る。

「先に『魔法を使わない』っていう約束を破ったのはそっちだからね。これ以上やるなら、俺も魔法を使って参戦するけど、どうする？」

俺がオリバを見下すようにそう言うと、彼は地面を叩きながら悔しがった。

「クソッ、このぉっ……」

さすがに、今の一撃を受けて向かってくるほど馬鹿ではないらしく、それ以上は何かしようとはしなかった。

俺が顔を上げると、ロードたちは一瞬ビクンッと体を強張《こわば》らせた。

「それで、ロードたちはどうする？　魔法ありでやってもいいけど？」

サラさんを危険に晒《さら》そうとしたオリバに少し苛立ちながらそう言うと、ロードたちは勢いよく首

をブンブンと横に振る。

ただその中で、リリスだけが何か言いたそうな顔をしていた。

「なに？　リリスは勝負したいの？」

「ち、違うから！　絶対にやらない、やらないから！　そうじゃなくてさ……今、地面から『火球』を出さなかった？　今のって何？」

慌てて俺の言葉を否定してから、リリスはそう言った。

どうやら魔術師として、俺の魔法がどうしても気になったらしい。

そういえば、まだオリバたちには俺の使っている魔法が古代魔法だって言ってなかったっけ？

俺がそんなことを考えていると、ケルがちょこちょことリリスのもとに近づいてから、オリバたち全員を見回す。

「古代魔法を普段から扱うソータからしたら、地面から魔法を撃つくらい造作《ぞうさ》もないことみたいだぞ」

「「「こ、古代魔法⁉」」」

驚愕するオリバたちを見て、ケルは目を輝かせ、尻尾をブンブンッと振る。

「まだ気づいていないみたいだな、愚かな人間たちよ。ソータは古代魔法の使い手だ。今まで馬鹿にしていたようだが、どちらが馬鹿か、ようやく分かったのではないか？　ん？」

ケルは呆然《ぼうぜん》とするオリバたちを見て、ヘッヘッヘッと上機嫌に息をしていた。

子犬に負かされているようなオリバたちの姿があまりにも情けなく見えて、俺もみんなに気づかれないように少しだけ口元を緩めてしまう。

「古代魔法って、マジかよ」

「あの子がそんな魔法を使えただなんて……」

「『火球』を地面から出すなんて、普通じゃ無理よ。普通なら、ね」

ロード、ナナ、リリスは信じられない様子で口々に呟いている。

その目は俺が古代魔法を使えることを疑っているのではなく、初めて見る古代魔法に驚いているようだった。

「それじゃあ、俺たちは街に戻るから」

俺がこれ以上ここにいる意味はないよね。

元々、ただここを通りたかっただけだし。

そう考えて、俺は何事もなかったかのようにオリバたちの隣を通り過ぎる。

「ま、待ってくれ、ソータ！」

すると、慌てたロードが俺の肩を掴もうとして、ピタリと止まった。

おそらく、さっき手を払ったことを気にしているのだろう。

「……何？」

俺がそう言うと、ロードは少しだけ躊躇ってから口を開く。

「街まで戻るんだろ？　その、俺たちも連れていってくれないか？」

「連れていく？　ただ帰るだけなんだから、一緒に行かなくてもいいんじゃない？」

ここからまたダンジョンに潜るというのなら別だけど、ただダンジョンの上層から街に帰るだけだ。

別に強い魔物が出てくるわけでもないだろうし、今のオリバたちだけでも問題なく戻れる気がするんだけど。

俺が首を捻っていると、ケルがとててっとこちらに近づいてきた。

「魔力も体力も使い切って、まともな戦闘ができないのだろう。こやつらは小休憩していたのではなく、途方に暮れていたとみた」

ケルが嬉しそうに指摘すると、オリバを除くロードたちは弱々しく頷く。

「ソータの支援魔法がないと、魔物の群れが来たときに押さえ込む自信がない」

「私もいつもみたいな魔力がないから、戦い方分かんなくなってるし。魔力溜めるのに時間かかりすぎる」

「私は魔力だけでなく体力ももう限界で、今度魔物に遭遇したら逃げることもできません」

ロードもリリスもナナも、縋るような目を向けてくる。

俺が頬を掻いてじっと彼らを見ていると、ナナが一歩前に出て、祈るようなポーズをした。

「ソータさん。今まであなたにしたことを正直に全部ギルドに話します。だから、どうか……命をお助けいただけないでしょうか？」

するとナナに続いてリリスも進み出て、俺に両手を合わせる。

「お願いよ！　荷物持ちでもなんでもするから、私たちも連れていって！　これ以上……こんな奴と一緒にいると、頭がおかしくなりそうだから!!」

リリスはオリバを指さしながら、感情をぶちまける。

「てめぇ、リリス……」

オリバは怒りのあまり強い歯ぎしりをしていたが、これだけ言われて癇癪を起こさないということは、よほど体力の限界なのかもしれない。

いや、それ以上にサラさんに軽くあしらわれて、メンタルが限界なのか？

オリバたちをどうすればいいのか悩んでいると、サラさんが俺を見てニッと笑う。

「ソータの好きにするといいさ。私はソータの考えに従うよ」

サラさんの言葉を受けて、俺はもう少しだけ考えてみることにした。

オリバたちには数年間ひどい扱いをされてきた。

それに、俺を殺そうとした相手だ。

悔しい思いもしたし、恨《うら》んだことだってあった。

……まぁ、それでも、オリバたちを本気で殺してやりたいと思うほどの殺意があるわけでもないか。

俺はそこまで考えると、大きなため息を漏らす。

「分かったよ。ついてくるなら勝手にして」

俺の言葉を聞いたロードたちは、わぁっと歓喜に沸く。

俺は彼らに勘違いされないように続ける。

「でも、これまでのことを許したわけじゃないよ。ただ、ここで死なれるのも寝覚めが悪いから、仕方なくだからね」

俺が目を細めてそう言うと、ロードたちは途端に大人しくなった。

俺は彼らに背を向けて、再び街に戻るために歩き出す。

すると、今までのやり取りを見ていたケルが、ヘッヘッヘッと可愛らしい子犬のような息遣いで俺の隣にやってきた。

「さすがだな、ソータは」

「別に、褒められるようなことでもないよ」

俺がそう言うと、ケルは俺の脚に体を擦りつけながらニパッと笑う。

「ここで魔物に食い殺されるよりも、このまま連れ帰ってS級パーティから転落。詐欺と殺人未遂をした罪人として扱われる方が、プライドもメンタルもズタズタにできる！　我もソータと同じ考えだぞ！」

クゥンと甘えるような声を出して、ケルはしばらく俺の脚に体をスリスリとしていた。

ケルの言葉が聞こえたのか、ロードたちはピタッと足を止めて顔を青くする。

……なるほど、確かにそういう考えもあるのか。

俺が相変わらずのケルの考えに感心して笑っていると、ロードたちの顔がさらに青くなったような気がした。

◆

「おかえりなさい、ソータくん。あ、あれ？」

ダンジョンから地上に帰還した俺たちが冒険者ギルドに向かうと、エリさんが安心したような笑みで迎えてくれた。

その隣にいるギルドマスターのハンスさんも、腕を組んで安堵の表情をしている。

しかし、俺とサラさんの後ろにいるオリバたちを見て、エリさんは不思議そうな声を漏らした。

「えっと、みなさんで帰ってきたんですか？　ていうか、その手枷《てかせ》は一体……」

エリさんはオリバの手元を見て首を傾げる。

彼の手元には、ダンジョンで拾った古びた手枷をさせていた。

それは、ダンジョンからの帰り道、俺たちの後ろをついてくるときに暴れないようにつけさせたのだった。

布も何もかけていない状態なので、街の人たちがオリバを見る目は、犯罪者に対するものと同じだった。

「まぁ、色々ありまして」

どこから説明しようかと俺が考えていると、ケルが軽くジャンプして、カウンターの上に跳び乗った。

それからケルはヘッヘッヘッと子犬のような息遣いで尻尾を振りながら、エリさんを見上げる。

「この愚かな人間がまたソータを殺そうとしてな。手枷をしておいた」

「え⁉　ま、またですか⁉　何考えているんですか、オリバさん‼」

エリさんはそう言うと、カウンターから身を乗り出してオリバを睨む。

「なんでそんなに馬鹿なんだ、お前は」

ギルドマスターのハンスさんは、呆れるように大きなため息を漏らして、オリバを見下ろす。

「……っ」

オリバはさすがに反論する言葉もなかったのか、ギリッと歯噛みして俯く。

「なるほど。だから、暴れないように手枷をしたんですね。何するか分かりませんもんね」

ケルはエリさんの言葉に小さく首を振り、尻尾をぶんぶんと振る。

「それもあるが、手枷をつけて歩かせることで、この愚かな人間が犯罪者であることを周知させようと思ってな。ほら、愚か者の顔を見てみろ！　街の人たちから散々見下されて、良い表情になったぞ！」

　エリさんとハンスさんはケルの言葉に目をぱちくりさせてから、オリバの顔を覗き込む。

　それから、二人は納得したように「ああ、なるほど」とか「ふむ」などと呟いた。

　ケルが言う通り、今まで街で大きな顔をしていたオリバにとって、自分が見下されるのはかなりこたえているみたいだ。

　ケルがオリバに手枷をつけていこうと言ったときは、そこまでしなくていいと思ったけど、効果は絶大みたいだ。

「どうやら、どちらが先にダンジョンのボスを倒したかは、聞くまでもなさそうだな」

　ハンスさんはロードたちが青い顔をしていることにも気づいたようで、彼らを鼻で笑う。

　俺は一歩前に出て、床に置いた荷袋をガサゴソとあさって、目的の物を取り出した。

「はい、ダンジョンのボスは俺たちが倒しました。ワイバーンだったので、その素材が……これです」

　ワイバーンから採取した素材を順々にカウンターに並べていくと、ハンスさんは大きく頷く。

「ふむ、勝負はソータたちの勝利ということだな」

　ハンスさんが確認の視線を向けると、オリバは何も言わずに肩を震わせていた。

「なんだ、オリバ。何か反論でもあるのか？」

「…………何もねぇよ」

オリバは怒りで震える声でなんとかそう言った。

ようやく、彼は負けを認めたらしい。

こうして、今回の勝負は俺の勝利で幕を閉じたのだった。

だが、まだ大事なことが残っている。

それは、オリバたちの処遇についてである。

そしてそのために、オリバたちには、これまで何をしてきたかを正直に話してもらう必要がある。

「ギルドマスター。今までのこと、全て正直に話します」

僧侶のナナが、一歩前に出てそう言った。

「ほう、それはどういう心変わりだ？」

ハンスさんは疑うように眉間に皺を寄せて、ナナを軽く睨む。

おそらく、刑の減軽を求めていた人間の言葉には思えず、何かを疑っているのだろう。

ナナは俺を見て言葉を続ける。

「あの子がいなければ、私たちは帰ってくることもできませんでした。助けてもらったときに、全部素直に話すことを約束したので」

「ん？　ソータ、オリバたちを助けたのか？」

ハンスさんはそう言ってから、きょとんとした目で俺を見る。

すると、カウンターの上でテシテシッと後ろ足で頭を掻いていたケルがこちらに振り向く。

「帰り道にいたから、ソータが拾ってきたのだ。なぁ、ソータよ」

まるで不要な物を拾ってきたみたいな言い方だなと思いながら、俺はクスッと笑う。

「うん。あながち間違いではないかもね」

「なるほどな。そういうことなら、奥で話を聞こうか。オリバたちにも来てもらうぞ。拒否権はないからな」

ハンスさんは合点がいったのか、小さくため息を漏らしてから、冒険者ギルドの奥にある個室を指さす。

すると、その声を待っていたかのようなタイミングで、冒険者ギルドの奥からぞろぞろと憲兵たちが現れた。

「は？　け、憲兵だと？」

突然の事態に驚いたのか、オリバは声を裏返す。

まさか、オリバたちを捕まえる準備を済ませていてくれたとは。

俺はハンスさんの手際の良さに、ほうっと感嘆《かんたん》の声を漏らす。

「オリバ、なんで驚いてるんだ？」

ハンスさんは呆れるように目を細めて、オリバたちに見下すような視線を向ける。

「言ったはずだ。『とてもじゃないが、ギルドで裁ける罪の重さじゃない』ってな。初めから、勝負の結果でお前たちの罪が軽くなることはなかったってわけだ」

「おまっ、騙してたのかよ!?」

オリバが抗議するが、ハンスさんはまるで取り合わない。

「そうに決まっているだろ。まさか、さらに罪を重ねてくるとは思わなかったがな」

すぐに憲兵に囲まれたオリバたちは、なす術《すべ》なく両腕を抱えられるようにして拘束される。

「クソッ……クソがぁぁ!!」

オリバは最後にそんな叫びと共に俺を睨む。

しかし、憲兵の力に逆らうことができなかったのか、引きずられるようにして、どこかへ連れていかれた。

「あの、エリさん。ちなみにオリバたちって、どのくらいの刑になるんですか？」

「憲兵さん曰く、殉職金詐欺に書類の偽造に殺人未遂……最低でも、鉱山送りじゃないかって言ってました」

エリさんはそう言ってから、俺に顔を近づけて小声で続ける。

「オリバさんなんて、殺人未遂二回ですからね。もしかしたら、生涯あの顔を見ることはないかもしれませんよ」

罪に加担した割合によって、お勤めの年数が違うとは思うけど、エリさんの言葉通りなら、オリバは生涯炭鉱での労働を強《し》いられるのかもしれない。

過酷《かこく》な地で生き抜くことができず、寿命より先に死んでしまうこともあるだろう。

「ふむ、たまには絶望した顔を見に行くのもいいかもしれぬな」

ケルはそう言うと、カウンターの上でマイペースに毛づくろいをしていた。

どこかケルの顔がすっきりしているようにも見えたが、多分それは俺も同じかもしれない。

俺はケルの頭を優しく撫でるのだった。

10　一段落と

「お疲れさまだね、ソータ」

「はい。色々とありがとうございました」

オリバたちとの勝負に勝って、彼らが憲兵に連れていかれるのを見てから、俺とサラさんとケルは食事処に来ていた。

しばらくはダンジョン内での食事だったので、ちゃんとした椅子に座ってゆっくりと食べるのは久しぶりだ。

「今日は思わず奮発しちゃいましたよ」

目の前に置かれたステーキに喉《のど》を鳴らす俺を見て、サラさんがくすっと笑う。

ステーキとサラダにスープにパンが付くセット。

こんな豪華《ごうか》なものは、オリバのパーティにいたときには食べる機会がなかった。

オリバたちはもっと質の良い肉や酒を口にしていたけど、俺が貰えるお金では、良くても日替わりの一番安い定食がやっとだった。

……まさか、C級ダンジョンの依頼達成報酬があんな高額なんて思わなかった。

一体、オリバたちはどれだけ俺の分の報酬を自分たちの懐に入れたり、殉職金の保険に回したりしていたのか。

いや、今はそんなことよりも目の前のお肉だ。

俺は運ばれてきたばかりのお肉を切って、それをさっそく口の中に放り込む。

肉々しい歯ごたえのお肉を噛むと、すぐに肉汁がジュワッと溢《あふ》れてきた。

「うまっ……これは、満足感が凄いですねっ」

「ふむ。人間たちの食事は美味《うま》いな」

足元をチラッと見ると、ケルは床に置かれた俺と同じメニューに舌鼓《したつづみ》を打っていた。

犬が人間と同じ物を食べて大丈夫なのか心配になるが、ケル曰く、ケルベロスは何も問題がないらしい。

むしろ、人間には毒になるものも食べられるとか。

さすが地獄出身というだけのことはある。

「そんなに美味《おい》しそうな顔をすれば、店主も喜ぶだろうね」

そう言いながら、サラさんは小さく切り分けたお肉を口に運ぶ。

彼女も口元を緩めて美味しそうに食べているのだから、人のことは言えないよね。

すると、サラさんが何かを思い出したように俺を見る。

「そうだ。今後の予定を決めておこうか。明日は何か依頼を受けるかい？」

今日、俺とサラさんとのパーティは、正式に新しいパーティとして受理された。

それも、今回のダンジョン依頼をスムーズにこなしたのが評価されたらしく、いきなりC級パーティとして活動を開始できることになったのだ。

オリバのパーティを追放されたときはどうなるかと思ったけど、これは幸先《さいさき》の良いスタートを切れたと言えるだろう。

「あの、できれば数日は依頼ではなく、別のことをしたいんですけど」

「別のこと？」

サラさんはそう言うと、小さく首を傾げる。

「はい。せっかく魔導書を手に入れたので、色々と試してみたくて」

まだまだ魔導書を読み込めてもいないけど、これを見ながら実際に魔法も試してみたい。

俺がそう言うと、サラさんは微笑みながら小さく頷いてくれた。

魔導書を読みながら、古代魔法を試せる。

そんな明日以降の数日間を思い浮かべて、俺は口元を緩めずにはいられなかった。

「そうだね。しばらくは鍛錬の日にするのもいいと思うよ」

「ありがとうございます。すみません、その間サラさんを待たせることになっちゃいますよね」

パーティを結成したばかりだというのに、すぐに休みというのも申し訳ない。

俺が頭を下げると、彼女は首を横に振る。

「いいや、私も一緒に行くよ」

「え、一緒に来てくれるんですか？」

「もちろんだよ。私たちはパーティだからね」

サラさんはそう言ってから、くすっと笑う。

「それに、最近はずっと鍛錬の日が続いていたしね。私としては、依頼を受けないことの方がいつも通りだよ」

俺はサラさんの言葉を聞いて、ふむと考える。

そういえば、初めて会ったときも、彼女は訓練場にいたんだっけ。

エリさんも居場所はすぐに分かると言ってあの場所に連れていってくれたし、それだけ長く通い詰めていたのだろう。

無理しているようには見えないし、それなら一緒に行動してもらってもいいかな。

「そう言ってもらえると嬉しいです。じゃあ、数日間はある程度大きな魔法を撃っても問題のない所に行きたいです」

「うん、そうしようか。ソータの魔法は古代魔法だからね。威力を考えると、どこかの高原にでも行った方がいいかな」

サラさんはそう言うと、バッグから一枚の紙を取り出してそれを机の上に置いた。

そこには簡易的な地図が描かれていて、彼女は現在地を指さしてから、その指を少し北に移動させてから止めた。

「少し遠いかもしれないけど、ヘリス高原はどうかな？　途中で乗り換えになるけど、乗り合いの馬車も出ていたはずだよ」

「ヘリス高原ですか。確かに、あそこならある程度大きな魔法を使っても問題ないかもしれませんね」

ヘリス高原というのは、魔物の数も多くはない、のどかな場所だ。

民家への被害とか騒音の心配もないし、魔法の練習で使うにはもってこいの環境だと聞いたことがある。

「それじゃあ、決まりだね。明日は馬車の停車場付近に集合でいいかな？」

「はい、それでお願いします。ケルもそれでいいよね？」

なんだかさっきから大人しいなと思って見てみると、ケルは食事を綺麗に食べ終えて、お座りをしながら俺をじっと見上げていた。

ヘッヘッヘッという息遣いをしながら、どこか物欲しげな目で控えめに尻尾を振っている。

目の前には皿まで綺麗に舐めたであろう食器。

そして、今にも涎《よだれ》を垂らしそうな表情。

俺は口に運ぼうとしていたお肉を皿に置いて、小さく笑う。

「ケル、おかわりいる？」

するとケルは二パッと笑みを浮かべる。

「ぜひとも貰いたいものだ」

俺が店員さんにケルの分のおかわりを頼むと、ケルは俺の脚に体をスリスリとさせてくる。

「ふふっ、さすがソータだ。何も言わずとも分かるとは、まさに以心伝心というやつだな」

「いやいや、さっきのケルの表情を見れば誰でも分かるって」

俺が笑いながらそう言うと、ケルはそうか？　と言って自覚なさげに首を傾げるのだった。

◆

「相乗りの馬車、空いていてよかったね」

「はい。結構ゆったりしてますね」

オリバたちとの勝負を終えた翌日。

俺たちは魔導書を使った古代魔法の練習をするために、ヘリス高原を目指していた。

街で馬車に乗った俺たちは、馬車に揺られながら変わりゆく景色を見る。

街からヘリス高原へは直接行けないので、今は乗り換えの馬車が出る場所へと向かっているところだ。

俺は思い出したように口を開く。

「ダンジョン内のお宝、結構な値がつきましたね。これなら、あのボロい宿に戻らないで済みそうです」

「ボロい宿って、あの街外れの所かい？　……あそこって、まだやっていたんだ」

サラさんはそう言って、眉をピクピクとさせる。

冒険者同士の間では、『屋根と壁があるだけの野宿』としてよく話題に出る場所だし、サラさんが知っていてもおかしくはないか。

「凄い所に泊まっていたんだね、ソータは」

俺は顔を引きつらせたサラさんを見て、頬を掻く。

「まぁ、あそこの宿泊費は破格なので」

うん、あそこに戻るのはもうやめておこう。

そう考えながら、俺は荷物の中にある膨らんだ財布を見る。

今朝色んなお店を巡って、すでにダンジョン内のお宝は換金済みだ。

手元に残ったのは、古代魔法の魔導書と、まぁまぁな額のお金。

これなら、しばらくはあのボロ宿ともおさらばできるはずだ。

「まぁ、私もお金に余裕があるわけでもないし、ダンジョンでの報酬は素直に嬉しかったね」

サラさんはそう言うと、俺の膝の上で座るケルを優しく撫でる。

ケルは心地よさそうに目を細めながら、自分でも頭をサラさんの手に押し付けていた。

……どう見ても、子犬のようにしか見えないな。

俺がそんなことを考えていると、サラさんはちらっと俺を見る。

「昨日、宿に帰ってから魔導書は読んだのかい？」

「少しだけ読みました。色々書かれていて面白かったですよ」

サラさんがケルの首の下を撫でる手を見ながら、俺はそう答えた。

まだ全てのページには目を通せてはいないけど、色々と面白そうな見出しがあった。

なので、その辺りを中心に見てみたのだが、どうも読むだけでは理解できない箇所《かしょ》があった。

多分、実際に魔法を試しながらの方が頭に入るんだろうと思ったので、昨日は軽く読むだけでやめておいたのだ。

「魔導書も手に入ったし、ダンジョンに潜ることになったのも、悪くなかったかもしれませんね」

オリバが癇癪を起こして言い訳をしなかったら、ダンジョンに潜っていなかったし、サラさんとも会えていなかったかもしれないわけだし。

ケルは俺を見て笑う。

「ふむ、たまには役に立つのだな。あの愚か者は」

「うん、それは俺も思ったかも」

俺は釣られてクスッと笑ってから、ケルを優しく撫でてやる。

「魔導書かぁ……うん、色んな依頼を受けながら、古代魔法の魔導書を集めるのもいいんじゃないかな？」

サラさんはふむと考えるようにしてから、そう言った。

「それは凄く楽しそうですけど、いいんですか？　それって、サラさんからしたら面白くないいんじゃないですか？」

「構わないよ。言ったよね？　ソータが強くなることは、私にとってもメリットなんだよ」

サラさんは優しく笑ってから、何かに気づいたように小さな声を漏らす。

「ここで乗り換えだね」

すると、馬車は徐々にスピードを落としはじめた。

乗り合いの馬車は他の乗客がいて気を遣うし、目的地を自由に決められないから乗り換えが少し手間でもある。

それでも、個人の馬車で移動できるほどのお金はまだないし、安さには代えられないんだよなぁ。

「ソータ。次はあっちの馬車だよ」

俺は少し面倒に思いながら、サラさんとケルと共に馬車から降りて、次の馬車の乗り場に向かう。

そのとき、何か視線を感じた気がした。

なんだろう？

振り向くと、そこには見覚えのある顔があった。

「ん？　なんだお前、オリバさんところのガキじゃねーか」

そう言って絡《から》んできたのは、オリバの子分の冒険者、バースだ。

「おいクソガキ、なんでお前がこんな所にいるんだよ？　てか、オリバさんはどこだ？」

バースは街でオリバを支持する数少ない人間のうちの一人だ。

というのも、オリバの下にいれば、自分も大きな顔をできるからだ。

そんな感じで、オリバの舎弟《しゃてい》をしている冒険者も多少は存在する。

気に入られようとしているのか分からないが、バースはオリバの行動を全肯定するような奴だ。

そういえば、バースにもよく馬鹿にされたし、手を出されたこともあった。

ケルはそんなバースを見上げながら、目をぱちくりとさせる。

「なんだこのオリバの二番煎《にばんせん》じみたいな人間は」

ケル、いきなり核心を突いた一言を言うなぁ。

「ん？　今、こいつしゃべったか？」

しかし、バースはケルが話すわけがないと思ったのか、ただ首を傾げているだけだった。

どうやら、都合良く聞き間違いだと思ってくれたらしい。

それなら、さっきのケルの発言はなかったことにして、このまま話を続けよう。

「『オリバさんはどこだ』って、知らないんですか？」

「あん？　知らないから聞いてんだろ。なんだ、体調でも悪いのか？」

なんとか意識を俺の方に戻せたみたいなので、俺はほっと胸を撫で下ろす。

オリバの子分ということもあって、バースも怒らせると面倒なのだ。

それにしても、子分のクセに親分がどうなっているのか知らないなんてこと、あるのだろうか？

だいたい、オリバの子分じゃなくても、冒険者なら誰でも知っていそうなものだけど。

それでも知らないということは、何か事情があるのだろうか？

そう思って、少し探りを入れる。

「……もしかして、バースさんって、しばらく街に帰ってませんか？」

「ああ。今は馬車の護衛の依頼中だからな。俺は街行きの馬車担当じゃないから、しばらく帰ってねーけど」

バースは首を傾げたままじっと俺を見ている。

なるほど、そういうことか。

でも、街に戻らなくても、少し乗客の話に耳を傾ければ、オリバの現状なんて分かりそうなものだけど……

そういえばオリバたちって、デカい声で話していて、周りの会話や視線をまるで気にしていなかった。

そうなると、同類のバースも同じような感じなのだろう。

あんな調子で下品に大声を出していたら、乗客の話がまともに聞こえるはずがないか。

俺が分析していると、バースは何かに気づいたような声を漏らす。

「あ、もしかして、お前オリバさんに見切られたんだろ！　お前弱すぎるし、パーティにいる方が邪魔だって、オリバさん言ってたもんな！」

「まぁ、追放はされましたね。それより、馬車に乗ってもいいですか？」

俺は話が長引かないように、適当に切り上げることにした。

別に、バースにオリバがどうなったかを教えてあげる義理はないし、訂正するのも面倒だしね。

「おう、乗れ乗れ！　俺たちC級冒険者がちゃんとお前ら雑魚どもを守ってやるからな」

バースは一瞬むっとした後、俺の肩を強く叩く。

「……ちゃんと従えよ？　俺たちのルールにな」

そして、最後に不敵な笑みと共にそう言った。

◆

こうして、俺たちはバースたちが護衛を務める馬車に乗った。

バースが意味ありげなことを言っていたので、何かあるだろうと思って注意していたのだが、意外にも何事もなく馬車は進んでいた。

どうせ、バースたちはろくに護衛の仕事なんてしないだろうと思っていたけれど、彼らは魔物の襲来に備えるだけではなく、乗客の様子にも気を配っている様子。

コソコソと仲間内で何かを話していたり、俺たち以外の馬車に乗っている冒険者に何かを聞いたりするのが気にはなるが、きちんと仕事はこなしているようだ。

というか、一体何を話しているのだろう？

疑問に思っていると、『魔力探知』に反応があった。

ケルも気づいたようで、ぴくんと体を小さく跳ねさせてから窓の方を見る。

「ソータ。魔物が来たぞ」

「うん、そうみたいだね」

いつになったらバースたちが動くのかと、俺は様子を見守っていた。

すると、しばらく経ってからバースの仲間の弓使いのケインが、窓から身を乗り出してじっと遠くを見る。

「バース。多分だが、魔物が来たぞ」

ケインが乗客たちを振り返りながらそう言うと、馬車の中がざわついた。

馬車の中には冒険者以外の一般人も多くいるので、魔物に怯《おび》える人たちは少なくない。

「……よっし、ようやくか。おい、モモ。馬車を止めるように御者《ぎょしゃ》に言ってこい」

バースは仲間の女冒険者にそう告げると、ぐっと伸びをしてから立ち上がる。

ようやく？

まるで魔物の襲撃を待っていたかのような言葉が、妙に引っかかった。

普通なら、魔物からの襲撃なんてない方が楽なはずだ。

バースは仕事がなくて手持ち無沙汰《ぶさた》なのを嫌がったり、何もしないでお金を貰ったら悪いとか考えたりする性格ではない。

それなのに、あの口ぶりはどういうことだ？

俺が首を傾げていると、バースは大きく何度かパンパンッと手を叩く。

「はーい、注目!!」

バースは似合わない笑みと共に大きな声でそう言ってから、言葉を続ける。

「この馬車には、護衛のC級パーティがいるので安心してください！　馬車を襲ってくる魔物なんて、すぐに片付けられる優秀な冒険者たちがいますから！」

バースの声は馬車の中でよく響き、すぐに乗客たちの不安の声はなくなった。

あれ？　バースたちが本当に普通に護衛をするのか？

俺が眉をひそめていると、バースは唐突にニヤッと口元を緩める。

「ただ……魔物を倒す力があるのと、今襲ってくる魔物を俺たちが倒すかどうかは別の話だ」

バースは取《と》り繕《つくろ》っていた声色をやめて、盗賊が脅すような口調で続ける。

「チップの額によって、この馬車を守るかどうか決める。お前ら、俺たちに守ってほしいなら、先払いでチップをよこせ」

バースたちはニヤニヤした笑みを浮かべながら乗客たちを見回す。

……やっぱり、こいつらがまともに護衛なんかするわけがないか。

俺はすでに勝ち誇った顔をしているバースたちを見て、大きなため息を漏らした。

「おらおら、早く金持ってこいよ。早くしないと、お前ら全員死ぬことになるぞ」

バースはそう言うと、ドカッと荒々しく足を広げて腰を下ろす。

その姿は護衛のための冒険者というよりも、身ぐるみを剥ごうとしている盗賊に近かった。

そんなバースの言動を前にして、さっきまで落ち着いていた乗客たちが、再びざわつきはじめる。

そんな中、乗客の一人のお爺《じい》さんが立ち上がった。

「冗談じゃない！　君たちはこの馬車の護衛として冒険者ギルドからすでにお金を貰っているはずだ！　私たちが払う必要がどこにある⁉」

乗客たちの意見を代弁した発言に、他の者たちもそうだそうだと声を張る。

そんな状況だというのに、バースは顔色一つ変えずにため息を漏らす。

「そうかい。不満があるなら、今ここで馬車から降りてもらっていいぜ」

「な⁉」

しかし、バースのその一言を前に、お爺さんと共に不満を口にしていた乗客たちの声はピタリと止んだ。

……まさかとは思うけど、バースの奴、護衛の度にこんなことをやっているんじゃないよね？

ずいぶんと手慣れている感じから、俺はこれが常習的なものではないかと疑う。

そんな中、乗客の一人の冒険者がガタッと音を立てて立ち上がった。

「さすがに横暴がすぎます！　同じ冒険者として、あなたたちの行為を見過ごすわけにはいかない！」

若くて正義感の強そうな男の言葉を聞いて、バースが噴き出す。

「同じ冒険者？　見ない顔だな……お前らのパーティのランクは？」

「E級ですけど、何か問題が？」

「ハハハッ！　E級？　E級のお前とC級の俺たちが、同じ冒険者なわけないだろうが！　笑わせんじゃねーよ」

バースたちがゲラゲラッと笑うと、若い冒険者は怒りと羞恥《しゅうち》で顔を赤くする。

バースたちがなんと言おうと、冒険者には変わりはないし、笑うところではない。

そのはずなのに、バースは若い冒険者を見下すような態度で、ぐるっと他の乗客たちに視線を巡らせる。

「いいか、お前ら。この世界は弱肉強食だ。弱い奴が強者に逆らって生きていけるわけがないだろ」

バースはそう言って鞘から剣を引き抜くと、そのまま馬車の床に突き刺した。

「ここでの強者は俺たちだ。聞いて回ったが、C級以上の冒険者はいないみたいだからな」

どうやら、バースたちが乗客の冒険者たちと話していたのは、自分たちよりも強い冒険者がいないかを確かめるためだったらしい。

やけに仕事熱心だと思っていたら、全部このためだったのか。

呆れてため息を漏らす俺に、ケルが小声で話しかけてくる。

「ソータよ。あの愚かな人間、我らを忘れてないか？」

「多分、俺がいるから無視しているんだよ。俺がいるパーティがC級以上のわけがないって、決めつけているんだと思う」

おそらく、オリバのところから追放された俺が、まともなパーティにいるわけがない——バースはそう思って、俺たちへの確認を怠ったのだろう。

オリバたちが俺の支援魔法のおかげで強かったことも、勝負で彼らが負けたことも知らないんだと思う。

俺がそう答えると、ケルはそうかと言ってから、新しいおもちゃを見つけたように目を輝かせる。

尻尾を振っている姿は、これからどうしてやろうかと色々考えてワクワクしているように見える。

自分たちがこの馬車の中で最強だと息巻いているバースたちの姿は、俺たちの目にはあまりにも滑稽に映っていた。

「ソータ、もう少しだけ愚かな人間を観察しよう」

ケルはヘッヘッヘッと可愛らしく息をしながら、俺を見上げる。

キラキラッとした目で見つめられると、無下《むげ》にはできなくなる。

「それじゃあ、もう少しだけね」

ケルは俺の返答を聞いてニパッと笑うと、嬉しそうに尻尾をぶんぶんと振り出した。

……なんか、オリバたちを前にしたときと似ている反応だ。

もしかしたら、ケルは愚かな人間が転落する様《さま》が好きなのかもしれない。

俺はそう考えながら、バースたちが何を起こしてもいいように準備だけはしておこうと、サラさんに目配せする。

すると、彼女は小さく笑みを浮かべてから、こくんと頷く。

俺が再びバースたちの方に視線を戻すと、彼らは相変わらずのニヤッとした笑みを浮かべていた。

「俺たちに守ってほしければ、お前たちはそれなりの対価をよこすしかねーんだよ。分かったか、この雑魚どもが」

バースは吐き捨てるようにそう言ってから、声を上げたお爺さんと冒険者の男をピッと指さす。

「それじゃあ、初めは俺に楯突《たてつ》いたじーさんと、そこの若いのだ。俺たちが満足するチップをよこしな」

バースに言われて、二人は渋々といった感じでバースのもとに向かう。

二人が無言のまま財布を開いていると、バースは思い出したように声を出す。

「おっと、重要なことを言っておくぞ。お前ら、後で冒険者ギルドにでもチクったら、許さねーからな。ちゃんと、御者から名簿は貰ってんだ」

バースは乗客を見回しながらそう言うと、勝ち誇った笑みを浮かべる。

なんで御者がこの暴挙を許しているのかと思ったが、バースの口ぶりから察するに、御者とも繋がりがあるみたいだ。

御者を脅したのか、賄賂《わいろ》を渡しているのか分からないけど、なかなか面倒臭いことになっているとみた方がいいだろう。

「ねぇ、ソータ。これって、本当に誰もチクらないと思うかい？」

サラさんの質問に、俺は小声で答える。

「多分、バースの後ろにはオリバが付いているから、今までは奴を恐れて誰も何も言わなかったんだと思いますよ」

『黒竜の牙』はS級ながらも素行が悪いことで有名だった。

怒らせたら何をしでかすか分からないようなS級パーティって、結構恐怖だと思う。

お金で解決できるのなら、お金で済ませようと思う人も多いだろうし、冒険者ギルドに報告をする人もいないのかもしれない。

……でも、今はオリバって檻《おり》の中にいるんだよね。

多分、俺たちが何もしなくても、遅かれ早かれ冒険者ギルドにこのことはバレるだろう。

後ろにオリバがいないと分かれば、バースを必要以上に恐れる人はいないだろうし。

そんなことも知らないバースは、二人から渡されたチップの額を見て満足げに笑みを浮かべていた。

「よしよしっ、悪くない額だ。分かってんじゃんかよ。ほら、他の奴らも座ってないで、早くチップ持ってこい。そうしないと、魔物に襲われて死んじまうぞ」

他の乗客たちは顔を見合わせてから渋々席を立ち上がる。

その様子を見て満足げに頷いたバースは、俺と目が合うと今度は俺を指さす。

「おい、クソガキ！　お前は大して金持ってねーだろうから、有り金全部で許してやる。早く持って来いよ」

それを聞いて、ケルは俺の膝から下りてこくんと頷く。

「ソータ、もういいぞ。十分に上げたから、後は落としたい」

期待の眼差しでこちらを見上げるケルを見て、俺は小さく笑う。

「分かったよ。じゃあ、そろそろ行こうか」

「ほら、早く来いって、クソガキ」

俺はバースをちらっと見てから、首を横に振る。

「いや、俺はチップなんてあげないよ」

俺がそう言うと、隣にいたサラさんが続いて立ち上がる。

「そうだよね。私たちが魔物を倒せばいいだけだしね」

サラさんはそう言うと、俺に笑みを向けた。

「あぁ？」

バースは俺たちが笑い合う姿を見て怪訝な顔をしていたが、それから突然噴き出す。

「お前ら……ハハハッ！　なんだ、馬鹿なのか？」

バースはニヤニヤと笑いながら仲間の弓使いに尋ねる。

「おい、ケイン。こっちに向かってきている魔物はなんだ？」

「ハイリザードだな。オリバさんところのガキがどうにかできる相手じゃないだろ」

ケインは俺を見下すように鼻で笑う。

ハイリザードというのは中型くらいの魔物で、翼のないワイバーンみたいな存在だ。

空を飛ばない分、剣などでも攻撃をすることもできるし、ワイバーンよりも倒しやすい。

だから、ワイバーンを倒した俺たちが手に負えないような相手ではないのだ。

それでも、バースたちは俺たちが下級の冒険者パーティだと思い込んでいるのか、手を叩いて笑い出した。

「だってよ……分かるか？　クソガキとそのお仲間じゃ、何しても死ぬだけだって言ってんだ。ほら、お前らみたいな雑魚も守ってやるから、有り金全部よこせって」

バースは尊大な態度で俺たちに手招きをする。

……どうやら、これ以上話していても時間の無駄みたいだ。

そう判断した俺たちは、バースたちの脇をすり抜けて、馬車の客車の扉まで向かった。

「お、おい！　馬鹿、待てよ！　お前らに死なれたら俺たちが迷惑なんだぞ！　おい、聞いてんのか!?」

そんなバースの声を無視して、俺たちは馬車から降りてハイリザードがいる方角へ向かう。

「『魔力探知』によると、こっちから来るはず。あっ、もう結構近いね」

馬車の周囲をぐるりと回ると、目視で分かる距離にハイリザードがやって来ていた。

地面を速く移動できる強靭《きょうじん》な脚と鋭い爪を持ち、橙色《だいだいいろ》の鱗をしたハイリザードは、俺たちの存在に気づいたようで、こちらに突っ込んでくる。

あの太くて硬そうな尻尾や、鋭い爪で攻撃をされたら、ひとたまりもないだろう。

「さて、ソータよ。今回はどうやって倒す？」

「普通のハイリザードよりも小ぶりだし、『火球』を三つくらい重ねれば十分だと思う。ケルは俺が魔法を撃つまでハイリザードの足止めを、サラさんはハイリザードがこっちに跳んできたときに攻撃から守ってください」

以前にワイバーンを倒したときほどの火力はいらないし、気持ち抑えめで攻撃をすることにしよう。

今回は威力よりも速度重視でいきたいしね。

オリバに試したときみたいに地面から攻撃をしてもいいんだけど、魔物みたいな速く動く相手に対しては使ったことがないし、今回はやめておこう。

俺が『支援魔法』をかけると、準備完了とばかりに二人はこくんと頷く。

「ハイリザードか……どれ、軽くじゃれついてやるか」

ケルはそう言うと、こちらに向かってくるハイリザードのもとにトテテッと軽やかに走っていく。

じゃれつく？

そんな余裕しか感じない言葉と、フリフリッと元気に振っている尻尾が気になるが、俺も悠長《ゆうちょう》にはしていられない。

俺は急いで『火球』を撃つ準備をする。

すると、ケルが飛び出した勢いのまま軽くハイリザードの脚にコーンッと頭突きをした。

「ギヤアアァァ!!」

……開始早々ハイリザードが凄い叫び声を上げているのが気になるな。

俺はそんな気持ちを抑えつつ、両手をハイリザードに向けて『火球』を三つ重ねるイメージを強める。

使い慣れていくうちに、徐々に『火球』を重ねるイメージをするのも早くなってきた。

よし、後は『火球』を発動するだけだ。

そう思ってケルを見ると……キャンキャンと楽しそうにハイリザードにじゃれていた。

ん？　じゃれている？

「ギャアア!!」

いや、勘違いか？

ケルはハイリザードと戯《たわむ》れているように見えるが、きちんと脚で蹴ったり、頭突きをしたりして着実にダメージを与えていた。

……でも、その姿が、加減を知らない子犬がじゃれてるようにしか見えないんだよなぁ。

なんだか楽しそうだな……と思って見ていると、ケルが少し屈んでから強めの頭突きをお見舞いした。

すると、ハイリザードは脳震盪《のうしんとう》でも起こしたかのように、クラクラッと体を揺らした。

攻撃をするなら、今しかない。

俺はそう思って、ケルに目配せする。

「『火球』！」

魔法を唱えると、俺の手のひらに顔ほどの大きさの三つの炎の玉が現れた。

三角形を描くような配置で現れた炎の玉は、ぐるぐると回りながら徐々にその中心に熱を溜めていく。

そして、回転する炎はいつもよりも早く萎んでいき、それらが消失した瞬間に中央にあった熱源体から一気に火が噴き出した。

その炎は一直線にハイリザードに飛んでいき、ハイリザードを貫く。

「ギヤアアァァァ！！！」

そして、俺の『火球』で焼かれたハイリザードは、そのまま動かなくなった。

そんなハイリザードを見て、サラさんが隣で呟く。

「……今回は私の出番はなかったね」

「ケルの足止めが完璧すぎましたからね」

ケルは最後に前足でハイリザードを踏みつけて、ニパッとした笑みを浮かべる。

その姿を見て、俺とサラさんは軽く笑っていた。

ケルがずいぶんと手を抜いていたように見えたのは、多分俺が足止めをしてくれと頼んだからだろう。

頼み方が違っていたら、ケル一人でもハイリザードを倒していそうだ。

ケルの強さは未知数だけど、俺も負けないくらい強くならないと。

そんなことを考えながら振り向くと、そこには俺たちの戦いを馬車の窓から見ていた乗客たちの姿があった。

そしてその中には、驚きすぎて声も出せなくなっているバースたちもいた。

「ソータ、見てみろ！　オリバの二番煎じがアホ面をしているぞ！」

ケルがパァッと明るい笑みを浮かべながら駆け寄ってきたので、俺は慌てて口を塞ぐ。

うん、その気持ちは凄くよく分かるんだけど、バースって怒ると面倒なんだよ。

俺がちらっと視線を向けると、バースたちはそのまま固まってしまっていた。

どうやら、ケルがしゃべったこと以上に、俺たちがハイリザードを倒したのが信じられないのだろう。

ケルが言う通り、バースたちはなかなかのアホ面をしていた。

俺たちが馬車に戻ると、車内は静まり返っていた。

もしかしたら、俺たちが本当にハイリザードを倒すとは思わなかったのかもしれない。

まぁ、熟練冒険者みたいな風格はないし、そう思われても仕方がないか。

そんなことを考えながら自分の席に戻る途中、特に驚いている様子のバースの姿がちらっと見えた。

彼の手のひらには、さっきのお爺さんと冒険者の先払いのチップが置かれている。

遠目で分からなかったけど、結構な額を貰ったらしい。

俺はふむと考えてから、バースの手のひらにあるチップに触れる。

「……俺たちが魔物を倒したわけだし、このチップは俺たちの物ってことでいいんだよね？」

俺はそう断りを入れてから、チップを手に取る。それから辺りを見回して、さっきのお爺さんと冒険者を探す。

「さっきのお爺さんと冒険者の方、これ返すので取りに来てください」

俺が呼んだ二人はしばし顔を見合わせてから、慌てるようにチップを回収しに来た。

「……い、いいわけないだろうが！」

バースはそう言って、俺を睨んで立ち上がろうとする。

しかし、俺が肩をぐっと強く押すと、バースはそのまま動けなくなる。

「お、おい！　クソッ、なんでこんなに動かないんだよ！」

まぁ、そんな反応にもなるよね。

俺はどうせバースが絡んでくるだろうと思って、いつもよりもマシマシで自分の体に支援魔法をかけていたのだ。

正直、支援魔法をかければ、彼を押さえ込むのは難しくない。

「あ、ありがとうございます！」」

「いえいえ、大丈夫ですよ」

二人は深くお辞儀をして、俺からお金を受け取った。

ひとまずお金のことは解決したけど……その代償として、バースの怒りを凄く買ってしまったみたいだ。

「おい！　クソガキ、てめぇ!!」

……どうしよう、どうやって、この怒りを鎮《しず》めようかな。

俺がそんなことを考えていると、バースが小さな悲鳴を上げた。

「痛っ！　はぁ？」

あれ？　もしかして、ケルがバースに噛みついたりしたのかな？

一瞬そう思ったのだが、ケルは俺の近くでパァッとした笑みをバースに向けている。

ケルが上機嫌ということは……

見ると、バースの額《ひたい》には赤く跡ができていた。そしてその足元には、手のひらサイズの果物が転がっている。

「おい！　何しやがる！」

バースはキレて大声を出すが、今度は誰かが投げた靴《くつ》がぱかーんっと頭にヒットした。

そして、靴を投げたガタイの良い男は、立ち上がってバースを睨む。

「俺たちはこの人たちに守ってもらったんだ。さんざん馬鹿にしやがって、お前たちは何もしてないじゃないか！」

続いて他の乗客も声を上げはじめる。

「そうだ！　何が弱肉強食だ！　ただの脅迫《きょうはく》だろうが！」

「年寄りの金をなんだと思っているんだ！　くたばれ外道《げどう》！」

静まり返っていたはずの馬車の中は、一気にバースたちに対する文句の声でいっぱいになった。

どうやら、一人が投げた果物を皮切りに、乗客たちのバースたちに対する怒りが爆発したらしい。

その光景は凄いもので、暴言を浴びせたり手持ちの物を投げたりと、収拾がつかなくなっている。

俺たちはその被害に巻き込まれないように、急いで自分の席に戻ることにした。

「ふむ、良い眺《なが》めだ」

イキっていたバースたちが乗客たちにボロカスに言われる様子は、スカッとするものがあって、ケルはそれをキラキラとした目で見ていた。

「やめ、やめろ！　おい、やめろって‼」

当然、やめろと言われてやめる人などいるはずがない。

いつまで経っても止まない反撃を前に、バースたちは怒りで顔を赤くさせていく。

「やめろって言ってんだろうがぁ！！！！」

やがて、癇癪を起こしたバースが大きな声で怒鳴る。

その声量に驚いたのか、乗客たちはピタリと物を投げる手を止めた。

「このっ、クソ野郎どもが！　もういい！　お前らまとめてぶっ殺す」

バースは肩で息をしながら、馬車の床に突き刺していた剣を雑に引き抜く。

どうやら、手が付けられないくらい怒り狂っているようだ。

マズいな。こんな馬車の中で暴れられたら面倒だ。

俺がそう考えて席を立った瞬間、奴らの仲間のケインがガッシリとバースの肩を掴んだ。

「待て、バース」

「あぁ？　なぜ止める、ケイン‼　待てるわけがないだろうが！　これだけ舐められたんだぞ！」

バースは不満そうに声を荒らげる。

しかしケインが耳打ちすると、バースはニヤッと不敵な笑みを浮かべて静かになる。

「……なるほどな。確かにそっちの方がいいか」

バースは何やら呟いてから、俺をビシッと指さす。

「おい、クソガキ！　今回だけはオリバさんに免じて許してやるよ。お前らも今回だけ勘弁してやる。ただし、今度この馬車に乗ったときは、タダで帰れると思うなよ」

バースは笑いながら俺を見て、ドカッと雑に椅子に腰かけた。

さっきまで熱くなっていた乗客たちは、バースの声に少し押される形で、それ以上物を投げることはなかった。

あのバースが何も仕返しをしてこない？　明らかにおかしいよね？

おそらく、これで終わりということはないだろう。

……なんか、バースとケインたちがずっと俺たちを睨んでいるし。

絶対に何かしてくる。

俺はそう考えていたのだが、初めの一件以降はバースが騒ぐようなことはなく、無事に馬車はヘリス高原に到着したのだった。

◆

「案外普通に着いたね。何もされないのは、少し意外だったかも」

「ええ……なんか凄く睨まれ続けている気もしますけどね」

俺たちはバースたちが護衛をする馬車から降りると、足早にそこから離れることにした。

本当に何もなかったのだけど、一体どういうことだろうか？

正直、馬車から降りるときにバースに殴られるくらいは覚悟していた。

他の乗客たちの目があったから、俺に手を出すのを躊躇ったのか？

いや、バースたちはそんなことを気にするタイプではないか。

考えてみたが、まるで答えが分からない。

すると、サラさんが少しだけ振り返ってから、くすっと笑う。

「本当だ。あの人たち凄く睨んでいるよ。ソータは振り返らない方がいいかもね」

サラさんがちらっと見たのに対して、ケルはがっつり振り返って、バースたちにキラキラ下目を向けていた。

「あんなことがあってもヘコまず、さらに愚かなことをしようと考えているのかもしれん……一番煎じにしては、期待させてくれるではないか」

確か、ヘリス山脈から街に帰るためには、この馬車を使わなければならなかった気がする。

最悪の場合、馬車を個人で雇うという選択肢もあるけど、それだと結構なお金がかかってしまう。

つまり、また数日後にはバースたちと会う羽目になるのだ。

そう思うと、今から気が滅入《めい》ってしまう。

そんな俺の気持ちなど露知《つゆし》らず、ケルは目をキラキラとさせている。

「次に会ったときには、もっと愚かな者になっているのだろうなぁ……ふむ、これは楽しみだ」

ケルを見ていると、変に警戒しすぎるのも馬鹿らしく思えてくる。

……本当に、ケルの存在は心強いなぁ。

「あの、冒険者の方！」

「え？　お、俺ですか？」

馬車の停車場から離れたところで、不意に後ろから声をかけられた。

振り返ると、そこはバースたちが護衛していた馬車の乗客たちがいた。

え？　みんなしてどうしたのだろう？

多すぎる数に少し警戒をしていると、一番前にいたお爺さんにがっつりと握手された。

あ、このお爺さん、初めにバースに絡まれていた人だ。

「助かったよ！　本当にありがとう！」

「え？」

「さっきの馬車のことだよ！　本当に助かった！」

お爺さんは俺の手を強く握って、心の底からそう言った。

「あ、いえ、そんな大したことじゃないですってば」

「いやいや！　もし君たちがいなかったら、あの馬鹿者がやりたい放題だったわ！」

お爺さんにそう言われて、俺は少し恥ずかしくて頬を掻く。

まさか、こんなに感謝されるとは思っていなかったな。

俺が照れていると、バースに絡まれていた冒険者がすすっと近づいてきた。

「あのバースって冒険者、オリバとかと一緒にいた人ですよね？　……なんで、オリバが捕まったのに、まだあんなに大きな顔をしているんですか？」

「ああ、そのことですか。なんか話を聞いたらしばらく街に帰っていないらしくて、オリバが捕まったことを知らないみたいですよ」

「あ、なるほど。それでですか。オリバとは別の悪い奴らと繋がりでもあるのかと思っていました」

俺の言葉を聞いて、数人の冒険者が納得したような声を漏らす。

なるほど、オリバが捕まったという状況なのに、他の冒険者たちがあまり反抗しなかったのは、そういうことを気にしていたのか。

確かに、後ろ盾を失ったのにまだあんなに大きな顔をしていたら、他にも繋がりがあると思うかもしれない。

言い換えれば、誰もバース本人を恐れてはいないということか。

未だにそんなことにも気づかず、こちらを睨み続けるバースたちを見て、俺は呆れるようにため息を漏らした。

するとと、バースにチップを持ってくるように言われていたお爺さんが尋ねてきた。

「あの、ソータさんたちはいつ頃街に戻られますか？　できれば、私たちも同じタイミングで帰りたいと思うのですが」

俺はふむと考えてから、言葉を続ける。

「確かに、バースたちが何をしてくるのか分かりませんもんね」

バースが言ったあの捨《す》て台詞《ぜりふ》を忘れている乗客はいないだろう。

あのときのバースの反応から察するに、帰りの馬車の中で俺たちに何かしてくるのは確実だ。

バースをキレさせてしまった原因は俺にもあるし、できることなら乗り合わせた馬車の乗客たちを守ってあげたい。

……まぁ、実際はバースが馬鹿なことをして、ただ逆ギレしてるだけなんだけどね。

「ソータさんたちは、なぜヘリス高原に来られたんですか？」

冒険者のお兄さんが聞いてきたので、俺は答える。

「魔法の修業をしたくて来たんです。といっても、数日間くらいの予定なので、帰りの馬車を皆さんと合わせることはできると思いますよ」

俺の言葉を聞いて、乗客たちの顔がパァッと明るくなる。

本来は、バースたちが護衛のはずなのに、その護衛から身を守る護衛役がいないと馬車に安心して乗れないなんて……おかしなものだね。

俺がそんなことを考えていると、サラさんが呟く。

「帰りの馬車でバースを乗せなければ、安心して帰れるのにね」

確かに、バースたちを乗せないで、自分たちで魔物から馬車を守る方が絶対簡単だろうと思ってしまうのも、仕方がないことだろう。

「そうなんですよね。でも、御者と繋がりがあると言われてしまうと、バースたちを乗せないと、馬車も動かない可能性があるんですよね」

「うん、確かにそうなるかも」

俺とサラさんは諦めたようにため息を漏らした。

「それじゃあ、三日後にこの停車場に集合でどうですか？　朝一の馬車に間に合う時間に集合ってことで」

俺がそう提案すると、乗り合わせた乗客たちは頷いて、感謝の言葉を述べながら去っていった。

本当はもう少し長くヘリス高原にいてもいいんだけど、それだと他の乗客たちが先に帰っちゃうかもしれない。

そこで彼らが嫌がらせを受けるかもしれないと考えると、長居はできないよね。

「それじゃあ、俺たちも行きますか」

俺はサラさんとケルにそう声をかけてから、歩き出す。

「フフフッ、修業の後に楽しみがあるというのは良いことだな、ソータ」

宿に着くまでの道中、ケルはやけに上機嫌そうに尻尾をフリフリとさせながら歩いていた。

修業後の楽しみというのが何を指すのか。

さすがに、それが分からない俺ではない。

……ケルが期待すればするほど、バースたちのハードルが上がっている気がする。

俺はバースとケインの計画がどんなものなのかを想像しながら、スキップのような足取りで歩くケルの後ろ姿を見つめるのだった。

◆

一方バースたちは、停車場のすぐ近くにある宿に併設された酒場でくつろいでいた。

護衛をする冒険者や御者たちの貸し切りとなっているその場所で、バースたちは早い時間から酒を呷っていた。

「バース！　なんであのとき、もっとキレなかったの⁉」

馬車の護衛に当たっていた女性冒険者のモモは、机を叩いて正面に座るバースとケインを睨む。

「あいつって、オリバさんところのガキでしょ！　やられっぱなしでいいの⁉」

モモもオリバの下について、街で大きな顔をしているメンバーのうちの一人だった。それだけに、普段のソータの扱いについても知っている。

だからこそ、ソータにいいようにされた今回の事態を前に、怒りを隠せなかったのだ。

しかし、モモに詰め寄られているというのに、バースとケインは顔を見合わせてニヤニヤと笑みを浮かべる。

「な、なんで笑ってんのよ」

「モモ、俺たちがやられっぱなしだったことなんてないだろ？」

バースはそう言うと、懐から禍々しい色の笛を取り出す。

「何それ？」

「『魔物呼《まものよ》びの笛《ふえ》』。この笛を吹くと、魔物がやってくる代物だ」

バースは笛を弄《もてあそ》びながら勝ち誇ったような笑みを浮かべる。

彼の表情から笛の効果が危険なものだと察したのか、モモは唾を呑み込む。

「ど、どこで手に入れたのよ。それ」

「オリバさんから貰った。なんでも、裏ルートから手に入れた物らしい」

バースは得意げにそう言うと、『魔物呼びの笛』をモモに渡す。

「……ふーん、オリバさんって裏社会とも繋がりがある人なんだ」

モモはうっとりと『魔物呼びの笛』を見つめながら、そう呟いた。

「せっかく貰ったんだ。試すなら、あのガキがピッタリだろ？」

ケインはクククッと笑って酒を呷る。

彼らが馬車の中で耳打ちしていた内容は、馬鹿にされた仕返しにソータたちを使って、『魔物呼びの笛』の効果を実験しようというものだった。

バースもケインも、まだ『魔物呼びの笛』を一度も試したことがなかっただけに、以前からその効果がどんなものか気になっていた。

「オリバさんもあのガキは好きにしていいって言っていたし、有効活用してやろうぜ」

「有効活用？　ふーん、そういうこと」

モモは話の流れからバースたちの計画に気づいたのか、悪いことを企むように笑う。

「どうせ、帰りの馬車の護衛はアイツがやる流れになるだろ？　そんなにやりたければ、やらせてやろうぜ」

バースはそこまで言ってから、ニヤッと口元を歪める。

「護衛任務ってものが、どれだけ難しいか教えてやんないとな。オリバさんの子分として、冒険者の先輩としてな」

バースたちの下卑《げび》た表情は、冒険者というよりも、ただのガラの悪いヤカラにしか見えなかった。

「でもあいつ、妙に強くなかった？」

モモはそう言って、わずかに眉間に皺を寄せる。

ハイリザードは下級パーティが倒せるほど弱い魔物ではない。

モモはオリバからソータは何もできないくらい弱いと聞いていた。

ハイリザードを軽くあしらえるほど強いのであれば、オリバのいたパーティでも多少は活躍できたのではないか。

真剣な顔で考えるモモに対して、バースは余裕の表情を崩さずにいた。

「確かに、ハイリザードを倒したときは驚いた」

「でしょ？」

「でも、後から考えれば倒せた理由は簡単に分かった……ハイリザードが死ぬ寸前だった。ただそれだけだろ？」

バースは一瞬真剣な顔をした後、おどけた様子で肩をすくめた。

ケインも同意見なのか、深く頷いてから鼻で笑う。

「そもそも、あんな子犬相手に苦戦するハイリザードなんか見たこともない。子犬に頭突きされてフラフラしてたんだぞ、あのハイリザード」

「確かに、じゃれているだけにしか見えなかったよね」

モモはそう言うと、ケインの言葉に強く頷く。

しかし、バースたちは重要な事実に気づいていなかった。

ケルがケルベロスであることや、ソータが古代魔法の使い手であることに。

そして、オリバたちがS級まで成り上がった功労者がソータであったことにも。

ソータを弱者と決めつけて話を進める彼らには、いつまで経ってもその事実に気づけるはずがなかった。

モモは誤ったバースたちの考えをすっかり信じ込んで、安堵のため息を漏らした。

それから何かに気づいたような声を出す。

「あっ……ていうか、『魔物呼びの笛』を持ってるなら、なんでさっき使わなかったの？」

「こいつ、宿に置きっぱなしにしていたらしいぜ」

モモの疑問に、ケインが笑いながらバースを指さした。

「うそ、よくそんな危ない物を宿に置いていったわね」

呆れるような二人の視線を受け、バースは不機嫌そうに顔を背ける。

「別に、いいだろうが。結果として、安心した奴らを突き落とせるんだから、最高だろ？」

一気に酒を呷ったバースは、遠くの席に座っている男に声をかける。

「御者！　今回は残念だったが、我慢しておいてくれ！　次は乗客の有り金全部貰えるから、少し多く恵んでやるよ！」

「……そ、そんな金いらないと言っているだろ！　それよりも、家族には何もしてないだろうな⁉」

御者は微かに体を震わせながら、バースたちをじっと見る。

その姿がおかしいのか、バースたちはくすくすと意地悪そうに笑う。

「お前が裏切らなければ、金だって渡すし、家族にも手は出さない。ずっとそう言ってるだろ？」

この御者はバースたちに脅迫されて、彼らの思い通りに動くことしかできなくなっていた。

不法行為を冒険者ギルドに報告しようものなら、家族の安全は保証できない——そんな脅し文句を言われ、口止め料として多額のお金を押し付けられていた。

悪事に加担している自覚があっても、力がないので逆らえず、誰にも相談できない。

御者はそんな悔しさと罪悪感を流し込むように、一気に酒を呷る。

「有り金全部奪う気かよ、バース」

「俺らを馬鹿にしたんだ。それでも足りねーくらいだよ」

ケインの言葉に強く頷いて、バースは言葉を続ける。

「まぁ、頼りにしていたクソガキが魔物の群れに殺されれば、乗客たちはいくらでも金を積むだろうぜ。自分たちを守ってもらうための多額のチップをな」

バースはモモから受け取った『魔物呼びの笛』を眺めながら、不敵な笑みを浮かべるのだった。

11　修業開始

「さてと。それじゃあ、さっそく始めますか」

ヘリス高原にある宿に荷物を置いた俺――ソータは、修業のために宿から少し離れた野原に来ていた。

ここは『魔力探知』で周辺を探っても、魔物はいなそうだし、民家もない。

修業の場所としてはもってこいの立地みたいだ。

サラさんは少し離れた所で剣の修業をすると言って、剣を振っている。

そんなサラさんのしなやかな剣捌《けんさば》きに、俺は少しだけ見惚れていた。

本当にオリバも同じ剣士職だったんだよね？

……動きが別物にしか見えないんだけど。

サラさんの動きを眺めていると、ケルが俺の脚に自分の前足をかけて見上げてきた。

「ソータよ。ソータはどんな修業をするんだ？」

くぅんと鳴きながら首を傾げる可愛い仕草を前に、俺は思わず微笑む。

「とりあえず、魔法の発射位置の移動を極めたいかな。せっかく地面から魔法を撃てるようになっても、動く相手を仕留められないと、どうしようもないしね」

自分の武器の数を増やすことも大切だけど、それと同じくらい熟練度は重要になる。

せっかく新しい攻撃手段を手に入れたんだから、とりあえずはそこを伸ばすことにしよう。

「動く敵か……」

ケルはそう呟くと、少し考えてから後ろを向いた。

「ケル？」

俺が首を傾げていると、ケルは近くにあった小石を後ろ足で蹴る。

小石はヒュンッと音を立てて、結構な速度で飛んでいった。

そしてそのまま茂みの中へ。

「これくらいでよければ、手伝ってやってもいいぞ」

ケルはそう言うと、胸を張って誇らしげな笑みを浮かべる。

多分、今のケルが蹴った小石の速度に対応できるようになれば、速く動く魔物にも攻撃を当てられる気がする。

この修業法、かなり実践的だ。

「ケル、お願いしてもいいかな？」

「フフフッ。ソータよ、我の速度についてこられるかな？」

ケルはそう言うと、さっそく足元にあった二つの小石をピシピシッと蹴って遠くに飛ばす。

『『火球』、『火球』！」

俺は急いで地面に手を置くと、魔法の発射位置を移動させて二つの『火球』を発動する。

しかし、地面から勢いよく出た『火球』は、どちらもケルが蹴った小石を捉えることなく、空を切った。

「くっ、全然当たらない」

「これは……なかなか面白いかもしれん」

悔しがる俺に対して、ケルは明るい顔をして尻尾をブンブン振っていた。

どうやら、この修業法ならケルにとっても退屈にならないっぽいね。

「ケル、この調子でお願いしてもいい？」

「任せてくれ、ソータよ」

それから、俺はケルがキャッキャと楽しそうに蹴り飛ばす小石を撃ち抜く修業をすることになったのだった。

ケルとしばらく練習をしていると、俺たちの様子を見に来たサラさんが、なんとも言えない表情で目を細めていた。

「……なんか、見に来たら凄い修業をしてるね」

「あっ、サラさん。お疲れ様です」

「なんというか、子犬が投げた物を人間が取りに行っているように見えるね」

「そ、そうですかね？」

そういえば、サラさんに言われて気づいたけど、犬にボールを取ってこさせる遊びと似ている気がする。

でも、投げる方と取る（？）方で、人間と子犬の立場が逆なのに、ケルは楽しそうに尻尾をブンブンと振っている。

うん、ケルは十分楽しんでくれているみたいだ。

サラさんはそんな俺たちを見てフフッと笑みを浮かべる。

「それで、どうだい？　修業は順調かな？」

「はい。魔法の発射位置の移動は、ある程度掴めてきました。後は、他にも色々と試せたらとは思っていますけど」

「他にも試す？　ああ、魔導書に載っているやつだね？」

俺が魔導書をパラパラとめくると、サラさんがひょこっと覗いてきた。

しかし彼女は難しそうな顔をした後、すぐに魔導書から目を逸らしてしまう。

もしかしてサラさんって、魔法がどうとかじゃなくて、そもそも難しそうな本を読むのが苦手なのかな？

俺はそんなことを考えながら、ページをぺらぺらとめくって、特定の箇所で手を止める。

「すぐできるやつだと、魔法の圧縮率を変える方法ですかね」

「圧縮率？」

「はい。同じ量の水でも霧吹《きりふ》き状にするか直線状にするかで威力が変わりますよね。それを魔法でもやる方法があるらしくて」

初めて『火球』を撃ったとき、圧縮できなくて困ったことがあった。多分、圧縮をする際の考え方が良くなかったのだ。

俺は魔導書を一旦サラさんに渡して、両方の手のひらを地面につける。

「試しに、『火球』を三つ重ねてやってみましょう」

俺は魔法を重ねて発動するイメージを強めて、その魔法の発射位置を地面を通じて移動させてみた。

そして、追加で魔法の発射口を絞るように思い描く。

やっぱり、魔導書に目を通した後だと感覚を掴みやすい。

うん、今ならいける気がする。

「『火球』」

……って、あれ？

これって……魔法の重ねがけと、発射位置の移動、それと魔法の圧縮率を変えるってことをいっぺんにやってる？

初めてやるのに色々と欲張りすぎている気がする。

こんなに一気にやって、大丈夫なのだろうか？

しかしそんな俺の不安を置き去りにして、狙った距離にある地面から炎が爆発したように飛び出てきた。

ハイリザードに撃ったときよりも炎の幅は狭いが、その分勢いと熱が増した気がする。

しかし、問題が何もないわけではなく……

「す、凄く斜めになったね」

「これは制御がなかなか難しそうです」

圧縮したときに勢いがついてしまったせいか、想定していたのとは異なる角度で炎が飛び出てしまった。

どうやら、やることが増えると、制御が難しくなるみたいだ。

「ソータよ、次の小石を投げるか？」

制御の難しさに唸っている俺を、ケルはキラキラとした目で見上げていた。

ヘッヘッヘッと子犬のような息遣いをされると、新たな課題を前にしても不思議と笑みがこぼれてしまう。

「うん、もう少ししたらお願いするかも」

俺はケルにそう言って、魔法の制御に苦戦しながら修業に励むのだった。

◆

「さすがに、少し疲れましたね」

日が暮れるまで修業をした俺たちは、宿にある食事処で夕食を食べながら少し休んでいた。

魔法の圧縮率を調整する術《すべ》を知った俺は、多くの時間をそのための修業に割いた。

その際、魔法の発射位置の移動の練習を一緒にすれば、二つの修業をまとめてできるのではと思ったのだが……どうやら調子に乗って魔法を使いすぎたらしい。

魔力を消耗《しょうもう》したせいで、今は少し体がだるい気がする。

俺が椅子の背もたれに体を預けていると、サラさんは呆れるような笑みを浮かべる。

「あれだけ魔法を使えばそうなるさ。むしろ、あんなに魔法を使っても倒れないことが驚きだよ」

サラさんの言葉を聞いて、ご飯を食べ終えたケルが顔を上げる。

「ソータは魔力も膨大《ぼうだい》だからな。普通の魔術師ならこうはいかないぞ」

ケルはそう言うと、ぐぐっと伸びをしてから欠伸をする。

どうやら、修業に付き合ってくれたケルも結構疲れているみたいだ。でも、その表情はただ疲れているだけではなく、どこか達成感があるようにも見える。

「ケルのおかげで感覚が掴めてきたよ。ありがとうね」

「ふふんっ、気にすることはない。ソータのためだからな」

ケルはそう言いながらも、お礼を言われたことが嬉しかったのか、尻尾をフリフリと振っている。

軽く頭を撫でてあげると、ケルの方から俺の手に頭をすり寄せてきた。

満足げなケルを見て優しく笑ってから、サラさんは視線を俺に戻す。

「ソータは明日も今日みたいな魔法の修業をするのかい？」

「それもいいんですけど、新しい魔法の習得もしたいんですよね」

俺は食べ終えた食器を少しどかしてサラさんにも見えるように魔導書を机の上に置くと、ページをパラパラとめくった。

彼女は髪を耳にかけてからそれを覗き込む。

「これは、なんの魔法なんだい？」

「拘束魔法の一種ですね。相手の動きを封じ込めることができるみたいです」

俺の古代魔法は、重ねがけしたときに発動まで少し時間がかかる。

使っていくうちに徐々に早くなってはいるのだが、まだまだ改善点があるのも事実だ。

それなら、相手を押さえ込む方法はないかと考えていたら、ちょうど良い魔法を見つけた。

「今はまだケルとかサラさんがいるからいいですけど、一人で強い魔物を相手にするときに、相手を足止めしておく術《すべ》が欲しいんです」

「拘束魔法か。確かに、それが使えれば今後の戦いが楽になるかもね」

サラさんは俺の言葉にふむと頷く。

ただ問題があるとすれば、その魔法の習得に日数をあまり割けないということだ。

数日でモノにするためには、より実践的な方法で試すのが一番いいのだろう。

しかし、ケルに拘束魔法の練習相手になってもらうのは、さすがに少し気が引ける。

ケルなら喜んで引き受けてくれそうだけど、かける側からしたら、使い魔にそういう魔法を行使するのは抵抗がある。

俺がそんなことを考えていると、他のテーブルから大きな声が聞こえてきた。

「――ええ!? エラフィが逃げた!?」

すぐ後ろの席で二人の男が深刻な顔をして話し込んでいるみたいだった。

俺は男たちの会話に耳を傾ける。

「エラフィが逃げたって……どうやったら逃げるんだよ？」

訳が分からないと言った様子の男の声を聞きながら、俺はふむと考える。

エラフィというのは、小型の鹿のような魔物だ。

その角は薬として使われたり、武器として使われたりと汎用性が高いので、一部の地域では家畜として飼われている。

きっと、後ろの男たちも、飼っていたエラフィが逃げたという話をしているのだろう。

野生と違って、家畜として育てられたエラフィは大人しくて手がかからないと聞いたことがある。

だから彼は、逃げられて驚いているのだろう。

「柵が古くなっていたんだよ。一度様子を見に来た業者が今度直してくれる約束だったのに、最近の馬車はバースたちが牛耳《ぎゅうじ》ってるだろ？」

もう一人の男がため息まじりにそう言った。

「そういうことか。バースがいる馬車に乗ってまで、もう一回ここに来たくはないか」

男が言った通り、いくら仕事でも、あんなに大規模な恐喝《きょうかつ》をしている馬車にわざわざ乗ろうとは思わないか。

まさか、バースたちの被害がこんなところにも影響しているとは。

こんな状態が長引けば、この地がどんどん廃《すた》れていくんじゃないかな？

やっぱり、このままバースたちを放置していくなんてできないよね。

エラフィに逃げられてしまった男は、もう一人の男に必死な声色で訴える。

「頼む！　エラフィを探すの手伝ってくれよ！」

「別に、手伝うのは良いけど、俺たちだけでなんとかなるのかよ？　早くしないと、エラフィなんて他の魔物に食べられちゃうぞ？」

「そうだよなぁ。なんとかできないかなぁ……」

いつの間にか、背後で繰り広げられている会話に聞き入っていた俺は、ふむと考える。

エラフィは足が速く、捕まえるのは容易ではない。

……でもこれって、魔物を捕まえる拘束魔法の修業にもってこいなのでは？

うん、こんな機会はそうそうないかもしれない。

俺は正面に座るサラさんに意識を戻す。

「えっと……サラさん？」

話しはじめようとすると、彼女は俺を見て微笑んでいた。

なんでだろう？

「逃げたエラフィの捕獲作業を手伝いたいんでしょ？　ソータの様子を見ていれば、簡単に想像つくよ」

サラさんにすっかり見透かされて、俺は少し恥ずかしくなる。

「あの人たちを手伝ってもいいですかね？」

「いいんじゃないかな。ソータが困っている人を放っておけない子だってことくらい、分かっているつもりだよ。それに、ソータの修業にもなるんじゃないかな？」

俺はサラさんの言葉に頷いてから、エラフィの話をしていた男たちの方に振り向く。

すると、男たちはこちらが声をかける前から、俺のことをじっと見ていた。

「……手伝ってくれるって、本当ですか？」

噛みつかんばかりに前のめりに言われて、俺は少したじろぐ。

「は、はい。俺で良ければ、ですけど」

「ぜひお願いします!!　何卒《なにとぞ》、何卒!!」

男はそう言うと、俺の手をぎゅっと握って深く頭を下げた。

助けてくれる人を逃したくないという必死な様子に苦笑しながらも、俺は逃げたエラフィの詳細を聞く。

そして、翌朝から男たちのエラフィの捕獲作業を手伝うことになったのだった。

◆

そうしてやってきた翌日。

俺とケルは昨日男たちから聞いた捜索範囲をもとに、エラフィの捕獲を行うことになった。

今回は、サラさんとは別行動だ。

多分、彼女は剣士として別の修業をしたいだろうしね。

何より、サラさんやケルに頼らずに魔物を捕まえなくては、俺の修業にもならない。

本当はケルも別行動でよかったのだが、どうしてもとついてきたがったので、同行してもらっている。

その代わり、ケルは魔物の捕獲には手を出さないという条件付きである。

「それで、拘束魔法でエラフィを捕らえるらしいが、どんな魔法なんだ？」

ケルは軽やかな足取りで俺の隣を歩きながらそう聞いた。

フリフリと振っている尻尾から、俺の魔法を楽しみにしていることが伝わってくる。

もしかして、ケルは俺の魔法見たさについてきたのかな？

「じゃあ、ケルには見せておこうか」

俺がそう言うと、ケルはパァッと顔を明るくする。

俺はそんなケルの反応に少し笑いながら、地面に手をつく。

拘束魔法だから、拘束する対象が必要なんだけど、どこがいいかな？

俺がそう考えながら辺りをキョロキョロと見渡すと、少し離れた所におあつらえ向きの木を見つけた。

狙う場所は……うん、あの木でいいか。

俺は魔法の発射位置を木のすぐ下に設定して、魔導書で見た魔法を発動させる。

「『黒影鞭《くろかげむち》』」

唱えると、木の下から四本のぼやっとした黒い鞭のような物がゆらりと現れて、ビシッと木に巻きついた。

それは四方から木を引っ張り、動きを封じるようにピンッと張った。

「おお！　いきなり成功させるとは、さすがソータだな」

隣で驚くケルの言葉に頷いてから、俺は『黒影鞭』で縛られた木をじっと見つめる。

「魔法が発動できるのは確認済みなんだ。問題は、動く敵を拘束できるかどうかなんだよね」

……でも、この魔法って、全く見たことがないんだよなぁ。

オリバのパーティにいたときにも、他のパーティの魔術師の魔法を目にする機会はあった。

それでも、一度も見た覚えがないということは、『黒影鞭』は古代魔法を扱える者にしか使えない魔法なのかもしれない。

古代魔法にしか存在しない魔法なら、俺にとっても武器になる気がする。

「でも、これって強度が全く分からないんだよね」

気のせいかもしれないが、相手をあまり強く拘束する魔法には見えない。

まぁ、そこは重ねがけを上手く使えばなんとかなるかな？

そもそも強度以前に、魔物を拘束できるスピードがないと、実戦では話にならない。

「ねぇ、ケル。ケルならこの拘束魔法から逃げられるでしょ？」

「ふむ、我なら逃げることは難しくはないだろう。魔法が発動してから、あの黒い鞭が襲ってくるまでに時間があったからな」

「やっぱり、問題はそこだよね」

今の段階では発動してからの動き出しが遅すぎる。

これをなんとか改善しないと、魔物を捕まえることは難しいだろう。

多分、エラフィ相手でも逃げられてしまう気がする。

今回の修業の課題は、どうやって拘束発動までの速度を上げて、エラフィを捕まえられるようにするかだ。

俺が頭を捻っていると、ケルの体がぴくんっと小さく跳ねた。

「『魔力探知』に反応があるね。エラフィかな？」

「早速行ってみようか、ソータ」

ケルの言葉に頷いて、俺は今の『黒影鞭』でエラフィをどこまで追いつめられるのか試すべく、反応の方へと向かった。

「ソータ、いたぞ」

「うん、こっちの存在にはまだ気づいてないみたいだね」

音を極力立てないようにしながら近づくと、そこには耳標《じひょう》を付けたエラフィが目的もなくウロウロとしていた。

どうやら、いきなり当たりみたいだ。

エラフィの様子を少し観察していると、家畜として飼われたせいで警戒心が薄いのか、天敵のことなどまるで気にする様子もなく、悠々《ゆうゆう》としていた。

ウロウロとしているのも不安な感じではなく、まるで自分の庭が広がったと勘違いしているようにも見える。

……男たちが言っていたように、こんな無警戒なエラフィを長期間放置していたら、みんな食べられてしまいそうだ。

俺はほどほどの距離まで近づくと、地面に手をつけて『黒影鞭』を使う準備をする。そして魔法の発射位置をエラフィの足元に固定させて、一気に仕掛ける。

「『黒影鞭』」

すると、エラフィの周りに突然ゆらりと黒い鞭のようなものが現れる。

それを見た瞬間、エラフィはビクンッと体を跳ねさせた。

「ピィィーー！」

そして、四本の『黒影鞭』が拘束するよりも速く、一目散に茂みの奥に逃げていった。

後に残ったのは、ただゆらゆらと揺れている『黒影鞭』だけだった。

捕まえるとか以前に、エラフィの動きに反応することもできなかった。

あれ？　これって本当に拘束魔法だよね？　まさか、止まっているものにしか使えないなんてオチじゃないよね？

俺とケルは思いもしなかった事態を前に、目をぱちくりとさせる。

「ソ、ソータよ」

「分かってる、うん。ケルの言いたいことは分かっているよ。今の感じだと、いつまで経っても捕まえられないよね」

まだ相手が戦う意思を見せてくれれば、隙ができるかもしれない。

でも、一目散に逃げようとする敵を相手にするには、今の魔法は悠長すぎる。

もっと素早く出さないと、逃げ足の速いエラフィを捕まえることはできない。

速さ？　あれ？

「……圧縮率」

俺はぼんやりと閃《ひらめ》いた言葉を、思わず口にしていた。

「ソータ？」

「もしかしたら、今の『黒影鞭』は霧みたいな状態なのかもしれない。それをもっと圧縮させれば、本当の鞭みたいにしなやかに動かせるかも」

魔導書に『黒影鞭』の記載があったのは、圧縮率のことが書かれていたページよりも後ろの方だった。

これって、『黒影鞭』を使いこなすためには、魔法の圧縮率を変える技術が必要になるとも読み取れる。

魔導書では、載っている魔法を扱うために必要なスキルが事前に提示されているのだとしたら……

うん、試してみる価値は十分にある。

「ケル、急いでさっきのエラフィを追いかけよう。次はいける気がする」

「ほう、早くも対策を考えるとは、さすがソータだ」

ケルはヘッヘッヘッと可愛らしい子犬のような息遣いをして、俺を見上げる。

「『魔力探知』には、まだ反応があるね」

「ふむ、急いで追いかけよう」

俺たちは頷き合ってから、先程逃がしてしまったエラフィの後を追いかける。

すると、思ったよりも早くさっきのエラフィを見つけることができた。

「よかった、まだ遠くまで逃げていなかったね」

「ふむ……少し、警戒心がなさすぎる気もするがな」

エラフィの脚で逃げられたら面倒だと思って急いだのだが、近くの茂みで休んでいた。

うん、ケルの言う通り、いくら家畜といっても警戒心がなさすぎる気がする。

そう考えながらも、俺はさっそく『黒影鞭』の準備をする。

地面に両方の手のひらをつけ、魔法の発射位置をエラフィの足元に移動して、固定する。

後は、さっきとは違って、魔法の発射口を絞って魔法が勢いよく飛び出すように調整する。

前回みたいなもやっとした感じではなく、しなる鞭のような物で捕獲するイメージ。

「……よっし、いける」

俺は優雅《ゆうが》にくつろぐエラフィに狙いを定めて、魔法を唱える。

「『黒影鞭』！」

するると、地面から凄い勢いで『黒影鞭』が伸びていき、そのままエラフィに巻きついた。

「ピ、ピィイ!!」

さっきは『黒影鞭』の発動を察知されて逃げられたのに対して、今回は鞭に巻きつかれた後になって、拘束されたことに気づいたように見えた。

先程とは比べ物にならないくらいに拘束の速度が上がっている。

これは、確かに拘束魔法と言われるだけのことはある。

俺は上手くエラフィを捕らえられたことに安堵して、額の汗を拭《ぬぐ》う。

「とりあえず、一体目確保だね」

「これはお見事としか言いようがないな、ソータ」

俺はニパッと笑うケルに笑みを返して、捕らえたばかりのエラフィに近づく。

「ピ、ピィイ!」

「おっと、驚かせすぎたかもね。ごめんね」

俺はそう言ってなだめながら、男たちに渡されていた布を使ってエラフィの目元を隠す。

その後、きつく締めすぎないように注意しながら縄をかけた。

家畜のエラフィは基本的に大人しいので、目隠しをして落ち着かせれば、縄を引く者についてくるらしい。

「ピ、ピィ……」

うん、少し落ち着きを取り戻したような気がする。

俺はワシャワシャッと体を撫でてやったり、預かっていたおやつをあげたりして、エラフィをリラックスさせる。

ある程度落ち着いたところで『黒影鞭』を解いてみると、エラフィはグッと伸びをしてからその場に寝そべってしまった。

……少し気を許しすぎじゃないか、このエラフィ。

「これだけ落ち着いていれば問題はないか。ケル、エラフィをあの男の人の所に連れていける？」

「任せてくれ。すぐに送り届けてこよう」

「終わったらまた俺の所に来てね。俺は残りのエラフィを捕まえているからさ」

ケルはこくんと頷くと、俺に渡された縄を咥《くわ》えて、尻尾をフリフリとさせながら男のもとにエラフィを連れていく。

「じゃあ、残りも捕まえますか」

魔法の圧縮率を変えながら『黒影鞭』を色々と試してみよう。

そうして俺は、逃げ出したエラフィの捕獲に向かうのだった。

その後も俺は逃げたエラフィを追いかけ続け、捕まえてはケルに渡して……という作業を、何度も繰り返した。

今はケルが戻ってくるまでの間、捕まえたエラフィを落ち着かせるために体を撫でてやっているところだ。

「よーし、よしよしっ」

……うん、何度もこの作業をしているせいか、エラフィを落ち着かせるのにも慣れてきた気がする。

エラフィに頬ずりされて、俺は小さく笑う。

そこにケルが戻ってきた。

「ソータよ、もう次のエラフィを捕まえたのか」

「うん。止まっている魔物相手なら、高確率で拘束できるようになったよ」

エラフィにかけてある縄を渡すと、ケルはそれを咥えて可愛らしく尻尾をフリフリとさせる。

「その言い方だと、動いている相手を拘束するのには、まだ苦戦しているのか？」

「うん。身構えられていると、逃げられたりもしちゃうみたい」

捕獲作業の中で、あまりにもエラフィの警戒心がなかったので、どこまで近づけるか試したことがあった。

しかし、すぐに気づかれて逃げられそうになる。

俺は慌てて『黒影鞭』を使ったものの、エラフィは一瞬驚いた後、華麗《かれい》に拘束を避けて、そのまま茂みに逃げていってしまった。

あれ？　もしかして、不意をつかないと逃げられちゃうのか？

そう考えて、試しにあえて俺の接近を知らせてから『黒影鞭』を使ってみたりした。すると、やはり俺の接近に気づいていれば、『黒影鞭』を避ける個体も一定数いることが分かった。

圧縮率を変えることで相手を拘束する『黒影鞭』の勢いは増したのだが、まだ改善の余地がありそうだ。

見方を変えれば何かに気づくかもしれない。そんな期待から、ケルに聞いてみる。

「ケルだったら、さっきの勢いがある『黒影鞭』をどうやって避ける？」

その質問に、ケルは首をこてんと傾げる。

「一手目を全力でかわして、後はそのまま走り去るだろうな」

「一手目をかわして？」

俺がケルの言葉を繰り返すと、ケルはふむと言ってから続ける。

「ソータの今の魔法は四つの鞭があるのに、一斉にまとめて拘束してくるだろう？　だから、そこだけ集中すれば、かわせんこともない」

「あ、そういうことか」

勝手に『黒影鞭』は四ついっぺんに動くものだと思っていた。

今まで拘束魔法なんて使ったことがなかったから分からなかったけど、もしかしたら、それぞれ別々で動かすことができるのかもしれない。

いや、もっと言えば最初の一本目だけ他よりもさらに速度を上げて、まずは対象を捕らえてから、他の三本でしっかり押さえ込めば……

「そっか。まさか、そんな方法があったとはね」

「何かに気づいたようだな、ソータよ」

ケルは俺の様子を見て何かを察したのか、子犬のような息遣いをしながらニパッと笑う。

「うん。おかげで、ケルを捕まえられるくらいの拘束魔法が習得できるかもしれない」

「フフッ、我を拘束できるほどの魔法か。言うではないか、ソータよ」

ケルは『我は手強《てごわ》いぞ』と言い残して、スキップのような軽やかな小走りで、エラフィを男のもとに届けに行った。

「さて、ケルを驚かせるためにも頑張んないとね」

俺はそう言いながら、再びエラフィの捕獲作業に戻った。

それから、俺は翌日もエラフィの捕獲をしながらの修業を行った。

その結果、逃げ出したエラフィを全て捕まえることができるくらい、拘束魔法を上手く使えるようになったのだった。

——さらに翌日。ついに、俺は街に戻るための馬車に乗り込むことになる。

そしてそれは、会いたくもないバースたちとの再会を意味するのだった。

12 護衛からの護衛役

数日間の修業を終えて馬車の停車場に向かうと、そこにはすでに俺の到着を待つ馬車の乗客たちが集まっていた。

「ソータさんたちだ！」

俺の姿を見るなり、乗客たちは歓喜の声を上げた。

……同じ乗客なのに、凄い歓迎ぶりだ。

彼らはそのまま俺たちの方に押し寄せてくる。

「ソータさん！　来てくださって助かります！」

「こちらこそ、数日間待ってもらってすみません」

俺が乗客たちに応えながらもあまりの圧に押されていると、以前バースに絡まれていたお爺さんが人垣をかき分けて俺の手を握り、頭を下げた。

どうやら、よほど感謝してくれているみたいだ。

そんなに大したことでもないんだけどね。

同じく、バースに絡まれていた冒険者がひょこっと顔を覗かせる。

「修業に来たのに、私たちが帰るのに日程を合わせてくれたんですよね？　本当に助かります」

冒険者の男に図星を突かれてしまい、俺は頬を掻く。

すると、そんな冒険者の言葉を皮切りに、わっとバースたちに対する不満の声が広がる。

「バースたちが何をしてくるのか分からないし、ソータさんなしじゃ乗れないよな」

「宿に押しかけてくるかと思って、ヒヤヒヤでしたよ」

「まったくだ、魔物よりもタチが悪いぞ」

……おかしいな。確か、バースたちがこの馬車の護衛のはずなんだけど、魔物以下だと言われている。

数日前のバースたちの態度を思い出すと、彼らを信頼する人はいないか。

「ソータさんたちには護衛代をお支払いさせてください。バースたちから私たちを守っていただく報酬として」

俺が乗客たちの言葉を聞いていると、一人の女性がそんなことを言った。

頷く他の乗客たちの反応を見るに、俺がいない所でそんな話し合いを行っていたことが察せられた。

俺は焦って手と首を横に振る。

「報酬なんていただけませんって！　そんなの貰わなくても、可能な限り護衛はしますから」

何からの護衛なのかをぼかして言うと、乗客たちはわぁっと沸く。

あんまり騒いでいると、バースたちに会話を聞かれてしまいそうだ。

ちょうどそのとき——噂をすればなんとやらで、バースたちが腕組みをして俺たちの前に現れた。

「おーおー、皆さんお揃いで」

……なんというか、登場が完全に悪役のそれだ。

ケルはそんなバースたちを見て、感動するように声を漏らす。

「おお、久しぶりの愚かな人間たちではないか」

ケルが声のボリュームを落としてくれたおかげか、バースたちには聞こえていないらしく、奴らは得意げな笑みを浮かべている。

「それじゃあ、馬車まで案内してやるよ。なあに、俺たちは手を出したりしないから、安心しな」

バースはそう言うと、ニヤッと不敵な笑みを浮かべながら俺を見る。

一体、彼らは何を考えているのだろうか？

不安に思いながらも、俺は他の乗客たちと一緒に馬車に乗り込む。


馬車は特に問題なく出発した。

しかし、乗客たちはバースたちを警戒しているらしく、不安げな目を向けている。

……とても自分の護衛に向ける視線じゃないよね。

あれだけ大口を叩いていたのに、バースが何もしないなんてありえない。

移動中、バースたちが妙な動きをしないか注意しながら見守っていると、サラさんが小声で話しかけてきた。

「まだ何もしてこないね」

「そうですね。いつ仕掛けてくるのか、ハラハラしますよ」

俺は呆れるようにため息を漏らす。

恐喝を止めただけなのに、なんでこんなに警戒しなくてはならないのか。

冷静に考えれば考えるほど、訳が分からなくなる。

でも、あのオリバの子分というくらいだから、プライドを傷つけられて逆ギレしない方がおかしい。

「なんだ？　クソガキ、俺たちに何か用かよ？」

俺がずっと見ているのに気づいたのか、バースは鼻で笑う。

「いや、別に何もないですけど」

「そうかい。それにしても、見事なくらいに敵視されちまってるな、俺らは」

バースが冗談めかして言うと、護衛に当たっているパーティメンバーが余裕の笑みを浮かべる。

いつものバースだったら、俺が少し睨んだだけで生意気だと言って胸倉を掴んでくるのに、今日はずいぶん心にゆとりがあるように見える。

むしろ、今の俺たちの反応を楽しんでいるみたいだ。

「そう睨むなよ。そうだな……馬車での移動中、俺たちは何も手を出さないことを約束しよう」

「え？」

俺は予想もしなかったバースの言葉に、思わず声を漏らす。

バースはそんな俺を鼻で笑ってから乗客たちの顔を見回す。

「あれだけ俺たちがいる場所で騒いでりゃ、聞こえるっての。お前ら、このガキに護衛を頼みたいんだろ？　だったら、俺たちは何もしねーよ」

そんなバースの言葉を聞いて、馬車の中がざわつく。

あれだけ啖呵《たんか》を切っていたのに、本当に何もしてこない？

乗客たちの顔が微かに明るくなったのを見て、ケインが噴き出す。

「そもそも、クソガキの下級パーティがこの馬車を護衛できるはずがないけどな。魔物にやられてすぐに死ぬだろ」

その言葉に反発するように乗客たちが睨むと、ケインは俺たちを煽《あお》るように「すまない、すまない」と、心のこもっていない謝罪をする。

そんなやり取りを見てニヤついていたバースは、ふと俺の目をじっと見据《みす》えて何事か呟く。

「せいぜい死んでくれるなよ……本番前にはな」

距離が遠くてはっきりとは聞き取れなかったが、その表情から何か良くないことを口にしていることは想像できた。

やはり、この馬車の護衛は一筋縄《ひとすじなわ》ではいかないのだろう。

そう思って、気を引き締め直す。

「ん？」

しかし、どうやらバースたちが動くよりも先に、魔物が来たらしい。

「ソータ、魔物が近づいているぞ」

「うん。そうみたいだね」

『魔力探知』の反応を確かめ、俺とケルは顔を見合わせて頷く。

バースたちは何もしないと言っていたし、この魔物は俺たちで対応するしかないだろう。

まぁ、彼らが何もしない方が、俺たちも動きやすいかな。

でも、護衛の依頼を引き受けておいて、全部俺たち任せというのは、どうなんだろう。

そんな不満を振り払い、俺は隣に座るサラさんに耳打ちする。

「サラさんとケルには、この馬車の中に残ってもらいたいんですけど、いいですか？」

「構わないけど、どうしてだい？　一緒に魔物を倒した方が早いんじゃないかな？」

サラさんは首を傾げて不思議そうな顔をする。

俺は膝の上にいるケルの頭を軽く撫でながら、疑問に答える。

「バースたちがこのまま何もしないとは思えないので、サラさんとケルには、奴らが妙な動きをしたら乗客たちを守ってほしいんです」

「なるほどね。魔物とバースたち、それぞれから守る護衛が必要ってわけだ」

サラさんは呆れるような笑みを浮かべてから、こくんと頷く。

「そういうことなら、了解だよ」

「我も了解した。何かあればすぐにソータのもとにも向かおう」

サラさんとケルの返答を受けて俺が席を立つと、バースがからかってくる。

「ん？　なんだクソガキ。便所にでも行きたくなったか？」

「いや、魔物を倒してくるんで、馬車を止めてください」

「魔物？」

バースは怪訝な顔をしてから、ケインに顔を向ける。

ケインは弓使いなので、遠くを見る魔法に長けていたはずだ。だから、バースは確認を任せたのだろう。

仕方ないといった様子で、ケインは辺りをキョロキョロと見渡す。

「ああ、確かに遠くの方にいるみたいだな」

ケインが気だるそうにそう言うと、バースは必要以上に驚いた様子で笑う。

「よく気づいたじゃねーか、クソガキ。弱い奴はいつも怯えて生きているから、魔物の感知も早いのかもな」

バースの言葉に合わせて、奴のパーティメンバーが俺を馬鹿にするように笑い出す。

……いやいや、魔物が近づいてきているんだから、笑っている場合じゃないでしょう。

「あの、馬車を止めてもらっていいですか？」

俺がもう一度言うと、バースはあからさまに不機嫌そうに睨んできた。

「ちっ、ノリ悪いな。おい、御者！　止まれ!!」

バースが声を荒らげると、馬車は急停止した。

思わずよろけた俺の背中を、バースがバンッと強く叩く。

数歩進んでから俺が振り返ると、バースがへらへらと笑いかけてきた。

「今回はこの前みたいに魔物が死にかけじゃねーだろうから、気を付けろよ～」

そう言って仲間たちと一緒にゲラゲラと品のない笑い声を上げる。

死にかけの魔物？

一体なんのことを言っているのだろう？

俺は首を傾げながら馬車から降りて、こちらに向かってくる魔物たちを待った。

「魔物は……こっちから来るみたいだね」

俺は『魔力探知』で確認しながら、魔物の接近に備える。

少しすると、魔物たちは徐々に目視で確認できる距離まで近づいてきた。

凄い勢いで走ってくる四本足の魔物。

その鼻付近には立派な牙が生えている。

「ファングたちか。もしかして、馬車が彼らの縄張り《なわば》にでも入ったのかな？」

こちらに向かってきているのは、ファングというイノシシ型の魔物だった。

縄張り意識が強く、侵入者を見境なく襲う性質がある魔物だ。

単体なら、下級の冒険者パーティでも倒すことができるので、そこまで構える相手ではない。

……あくまで、単体ならの話だけどね。

確認できるファングは全部で五体。

群れが小規模だったのは救いかもしれない。

俺はこちらに向かってくるファングたちを見ながら、こくんと頷く。

「拘束魔法で捕まえるよりも、『火球』を撃ち込んじゃった方が早いよね」

俺はそう呟きながら、向かってくるファングたちに片手を向ける。

ファング相手なら、『火球』を重ねがけしなくても問題はないだろう。

でも、念のために少しだけ圧縮率を変えて、『火球』の勢いを増しておこうか。

すでにファングとの距離は数十メートルを切っている。

……うん、十分に引き付けただろう。

俺は魔物たちをじっと見ながら、魔法を唱える。

「『火球』、『火球』、『火球』、『火球』」

頭の中で『火球』の発射口を絞って、五つの『火球』を発射すると、いつもよりも勢いの良い火の玉が飛んでいった。

ゴウゥゥ‼

唸るような音を立てながら飛んでいった『火球』は、こちらに走ってくるファングたちにそれぞれ着弾する。

「「「「ギャッ‼」」」」

そして、ファングは体を跳ねさせた後、走ってきた勢いそのままに、地面に体を強くぶつけて動かなくなった。

『火球』が当たった場所は黒く焦げており、ぷすぷすと煙が上がっている。

「魔法の発射口を絞ると、結構与えるダメージも変わるんだな」

俺はピクリとも動かなくなったファングを観察しながら独りごちる。

他に魔物は向かってきていないみたいだし、素材を回収して馬車に戻ろうかな。

顔を上げると、馬車から俺のことを覗いていたバースたちと目が合う。

「素材を回収したら戻るので、少し待っていてください」

「っ！　は、早くしろよ！」

バースはそう言うと、バッと俺から目を逸らしてしまった。

何か慌てているように見えたのは、気のせいだろうか？

俺は疑問を抱きながらも、馬車に置いていかれないように、急いで素材の回収をするのだった。

◆

一方ソータが軽くファングたちを倒した姿を見せられたバースたちは、非常に慌てていた。

「ちょっと待ってよ！　あいつ、ファングを一撃で倒してるんだけど……‼」

モモは声を殺しながら、バースを強く睨む。

バースたちは以前、ソータたちがハイリザードを倒したとき、相手が死にかけていたのだと勘違いしていた。

しかし今回は、ファングたちが勢いよく馬車に突っ込もうとしていたところを見ていたため、ソータが倒した魔物たちが死にかけではないことは明らかだった。

「お、落ち着け。たかがファングだろ。下級パーティでも倒せない魔物じゃない」

笑って誤魔化そうとするバースを、ケインがじろっと見る。

「……ファングを五体まとめて倒すような下級パーティはいないだろ」

バースが気まずそうに視線を逸らす中、ケインとモモは言葉を続ける。

「このまま、あのクソガキに大きな顔をさせ続けるわけじゃないよな？」

「そんなことになったら、オリバさんに顔向けできないんだけど。ねぇ……あの笛、ちゃんとまともな魔物呼べるんでしょうね？」

二人が気にしているのは、『魔物呼びの笛』で呼んだ魔物が、ソータたちに簡単に負けるのではないかということだった。

そうなってしまうと、バースたちの面目は丸つぶれになる。

そんなことをオリバに知られたら、自分たちは見放されるかもしれない。

ケインとモモはそれを危惧していた。

当然、すでに捕まっているオリバの顔色を窺う必要などないのだが、バースたちはそのことを知らない。

自分たちが街で大きな顔をできなくなるのではないか——そんな心配だけをしていた。

二人に詰められたバースは、大きくため息を吐いてから睨み返す。

「ちっ、うるせーな。分かってるよ。俺だって考えてるっての」

バースは胸の内ポケットに隠してある『魔物呼びの笛』をちょんちょんっと指さしてから、口元を緩める。

「絶望に突き落とすにはタイミングってものがある。あんなクソガキじゃどうしようもない展開にしてやるから、ちゃんと信頼しろよ」

バースはそう言うと、ズボンのポケットから一枚の紙を取り出す。

「これは、地図か？」

「ああ。目的地はまだしばらく先だ。それまでの間に雑魚を相手に魔力やら、体力やら存分に消耗させるんだよ」

バースが持つ地図は、ヘリス高原からタロス行きの馬車が出ている乗り換え地点までを示した簡易的な物だった。

そして、その地図の真ん中付近には、雑に丸で囲われている場所があった。

バースはそこを指さして、得意げにここが目的地だと言う。

ケインとモモはその丸を見つめながら、眉をひそめる。

二人には詳細を知らされることもなく、バースの計画は実行されることになる。

ましてソータたちは、何も知らずにその計画に巻き込まれるしかないのだった。

13　魔物呼びの笛

「ソータさん、ありがとうございます！　お怪我はありませんか!?」

「ソータさんのおかげで助かりました!!」

魔物を倒し終えて馬車に戻った俺は、乗客たちの歓声に迎えられた。

思ってもみなかった反応に驚きながら自分の席に座ると、サラさんとケルが笑顔で労《ねぎら》ってくれる。

「お疲れさま、ソータ。ファングたちも一発で倒すなんて、さすがだね」

「ふむ。さすが我が主よ」

二人に褒められたことが嬉しくて、俺は口元を緩める。

「まぁ、ファングがまっすぐ突っ込んできてくれたのがラッキーでしたけどね」

「そんなことはないさ。なんか前に見た『火球』よりも勢いがあったように見えたよ」

「はい、圧縮率を変えてみたんです。そしたら、結構勢い出ました」

我ながら、さっきのファングとの戦いは良かったと思う。

おそらく、拘束魔法の修業の中で、魔法の圧縮率を変える練習も一緒にできたことが大きいのだろう。

明らかに前よりも魔法の圧縮率の調整が上手くいっている気がする。

俺は一息ついてから、あっと小さく声を漏らす。

「そうだ。バースたちに変化はありましたか？」

俺が思い出したように聞くと、サラさんは顎に指を添えて考える。

「驚いていたくらいかな？　ソータが簡単にファングを倒したとき、バースたちは開いた口が塞がらなくなっていたね」

「ふむ。なかなかのアホ面を眺められて、我は満足だった」

ケルはさっきまでのバースたちの表情を思い出したのか、パァッと顔を明るくしていた。

この反応から察するに、見事な間抜け面を晒してくれたのだろう。

その顔が拝めなかったのは少し残念かもと思うくらいだ。

「あっ。そういえば、何か紙を見ていたね」

ふと思い出したように、サラさんが呟いた。

「紙ですか？」

「うん、何かの紙を他のメンバーに見せてたかな」

作戦の共有でもしていたのかな？

俺がいないうちに乗客たちに何かするかもしれないと心配していたけど、目立った行動はしていないらしい。

一体、何を考えているのだろうか？

結局、それからしばらく経っても、バースたちが行動を起こすことはなく、馬車は順調に進んでいった。

まるで動きがないので、俺は彼らが本当に何もしてこないのではないかと思いはじめていた。

そんな中、バースが俺に視線を向けて何事か呟く。

「……そろそろか」

そして立ち上がると、何かを企むようなニヤッとした笑みを浮かべた。

「まさか、クソガキがここまで馬車を護衛できるとは思わなかったぜ」

バースはわざとらしく肩をすくめてみせてから、鼻を鳴らす。

「まぁ、馬車を襲ってきた魔物は、全部下級パーティでも片づけられるような雑魚ばかりだったけどな」

その言葉を聞いて、彼の仲間たちはニヤニヤと笑う。

確かに、ファング以降に馬車を襲ってきた魔物も、そこまで強くはなくて、下級パーティでも倒せるような相手だった。

それでも、複数体に一斉に襲われる場面もあったたし、そこまで楽だったわけではないんだけどな。

バースは俺の反応なんて気にも留めずに言葉を続ける。

「まぁ、下級の雑魚パーティにしては上出来だ。ただ……上の者に対する接し方がなってねぇよなぁ」

バースはそう言うと、口元を歪める。

「ここの乗客たち、お前らもだ。前に言ったはずだぜ？　弱い奴が強者に逆らって生きていけるわけがないってな!!」

バースは今まで溜めていた怒りをぶちまけるように、急に感情的な口調になる。

そして、胸元から何かを取り出した。

「あれは……ずいぶんと禍々しいものだな」

ケルはいつになく真剣な表情でバースの様子を見ている。

「ねぇ、ケル。あれって、笛なのかな？」

俺が尋ねると、ケルの顔つきが一段と険しく変わる。

もしかして、あの笛ってあまり良くない感じなのかな？

しかしケルが答えるよりも早く、バースは腹いっぱいに空気を溜めて、その笛を鳴らした。

ビュイィィィイイ！！！！！

普通の笛よりも低く響く奇妙な音。

あまりに大音量で流れてくるので、俺を含めた乗客たちは思わず耳を塞ぐ。

「な、なんだ今の音は？　……え？」

「ソータ、これはかなりマズい状況になったかもしれんな」

『魔力探知』に優れた俺とケルは、他の人たちよりも早く、自分たちが置かれている状況を把握してしまった。

こんなことって、あり得るのか？

俺が恐る恐るバースを見ると、彼はこらえきれない様子で笑い声を漏らす。

「……ハハハハッ！　さすがビビリのクソガキだ！　魔物が近づいてきていることには、すぐに気づくみたいだな！」

バースは得意げに胸を張って俺を見下す。

「これはオリバさんから貰った『魔物呼びの笛』だ。この笛を吹けば、魔物がお前らを襲いにやってくるんだよ！」

バースが笛を吹いてから、『魔力探知』に数えきれないほどの魔物の反応が引っかかった。

一気にこちらに向かってきているみたいだし、彼の言ったことは嘘ではなさそうだ。

ん？　というか今、オリバから貰った笛って言った？

バースはニタッとした顔で他の乗客たちを見ながら続ける。

「そして、驚け。この辺りにはゴブリンの大きな群れが巣を構えている。冒険者ギルドから絶対に近づくなと警告が出ている場所だ。そんな所でこいつを吹いたんだ……どうなるかは言わなくても分かるよな？」

　バースの言葉を聞いて、馬車の中がざわつき出した。

　魔物の群れに恐怖する者、怒りの視線を向ける者、バースはそんな馬車の様子を、おかしそうに眺めている。

「悪く思うなよ？　お前らが弱いくせに強者の俺たちに逆らうからだ。この商売、舐められたら終わりなんだよ。とことんいたぶってやるから、覚悟しろよ」

　バースは乗客たちをギロッと強く睨んで威嚇する。

　いや、冒険者って、そういう商売じゃなくないか？

　バースの行動に疑問を感じつつも、俺は接近する大量のゴブリンたちを前に、焦りを隠せずにいた。

　しかし、ここで意外な人物が困惑の声を上げた。

「ゴブリンの群れ？　お、おい、バース！　なんでそんな所で『魔物呼びの笛』なんか使ったんだ!?」

　同じ護衛パーティの仲間のはずのケインは、バースの肩を掴んで激しく揺らした。

　バースが高笑いをしているのに対して、ケインとモモの顔は青ざめている。

　あれ？　護衛組みんなで計画していたことではないのか？

　事情が分からず、俺は揉めている三人を呆然と見つめる。

「なんでって、お前らだってクソガキにでかい顔されてストレス溜まってただろ？　復讐のためには、このくらい大々的にやんないとダメだろうが」

バースはケインの手を払いのけると、冗談めかして笑ってみせた。

しかし、ケインたちの顔色は青くなったままだった。

モモは顔を引きつらせながらバースを睨む。

「だ、大規模なゴブリンの群れって……その群れごとこっちに向かってくるわけじゃないわよね？」

「あぁ？　群れを呼び寄せるために笛を吹いたんだろ？　お前ら、さっきから何言ってんだよ？」

「なんで分かんないのよ!!　あのガキが殺された後、私たちだけでゴブリンの群れを相手するっていうの!?」

激昂《げっこう》したモモの勢いに、バースは少したじろぐ。

彼らの会話を聞いた乗客たちが、ざわつきはじめる。

「お、おい、今ゴブリンがどうとか言ってなかったか？」

「ゴブリンの群れを呼んだって？　この近くの村が群れに襲われて壊滅したのを知らないのか？」

「さすがにハッタリだろ。あいつら冒険者だぞ？　ゴブリンの群れの恐ろしさを知らないってことはないだろ？」

どうやら彼らも状況を理解したようで、みんなして顔を青くする。

ゴブリンというのは、単体なら下級パーティでも倒せるくらいの相手だ。

しかし、大規模な群れとなると話は変わってくる。

奴らは高い繁殖力によってすぐに大集団になり、数の暴力で手が付けられなくなる。

獣よりも知能があり、武器や道具を駆使する個体もいるし、統率力があって連携もしてくる。村を丸ごと潰すことも珍しくはないと言われている。

だからゴブリンの群れを討伐する際は、熟練の冒険者だって複数パーティが連携して当たるくらいなのだ。

普通の冒険者なら、ゴブリンの群れをいたずらに刺激するなんて真似は絶対にしない。

そう、普通の冒険者ならね。

もしかしたらバースは、俺たちに復讐《ふくしゅう》したいという気持ちが先走りすぎて、その後どうなるかを一切考えていなかったのかもしれない。

……でも、そんなことあるの？

「おい！　馬鹿みたいな数のゴブリンがこっちに向かっているぞ！」

ケインが馬車の外を覗いて、バースに叫んだ。

その言葉を聞いて、乗客たちの不安の声がいよいよ大きくなる。

「はぁ!?　本当にこっちに向かってきてるのか！」

「どうすんだよ！　こんな馬車なんか、一瞬で呑み込まれるぞ！」

馬車の中は、乗客たちが怯える声や、子供の泣き声が響いていた。

その元凶のバースはというと……自分がしでかした失敗を前にフリーズしてしまっていた。

「バース！　今すぐ魔物たちを元いた場所に戻せ！　呼ぶことができるんだから、ゴブリンたちを帰すことくらいできるだろ！」

ケインが放心したバースの肩を強く叩いて声を荒らげた
すると、バースはハッとしたように顔を上げる。しかしその顔は血の気を失って青白いままだった。

「し、知らねーよ、そんな方法」

「はぁ!?　その笛であのクソガキや乗客たちを襲わせる命令をしたんだろ？　それなら、命令を少し変えることくらいできるだろうが！」

「これは魔物を呼ぶための笛だ！　命令なんてしてねーし、呼ぶ以外の用途なんか知らねーよ!!」

逆ギレしたバースが、ケインに怒鳴り返した。

あれ？　さっきは魔物に俺たちを襲わせるって言ってたよね？

それなのに、命令をしていないってどういうことだろう？

何かに気づいたらしいモモが、小さく肩を震わせながらバースを見る。

「……待って。ていうことは、ゴブリンは私たちを襲う可能性もあるってこと？」

「それは、ないだろ。俺が呼んだんだぞ？　普通、呼んだ奴を殺したりしないだろ？」

「呼んだ奴って……じゃあ、俺やモモを殺さない確証はあるのか？」

ケインが大きなため息を漏らすと、バースはキョロキョロと目を泳がせる。

「オ、オリバさんがくれたんだぞ！　確証なんかなくても、大丈夫だろ‼」

それを聞いたケインは頭を抱えてへたり込む。一方、我慢の限界に達したモモは「ふざけんな！」とバースの胸倉に掴みかかっている。

「なかなかの地獄絵図だな、これは」

いつもなら大好物とばかりに喜ぶはずのケルだが、今日に限っては尻尾を垂らしながら俺を見た。

どうやらさすがのケルも、愚かすぎるバースたちの行動に呆れてしまったらしい。

それとも、単純に今の状況がかなり良くないのか。

……その両方な気がする。

俺は仲間同士で喧嘩を始めたバースたちをジトッと見る。

「やめろっ……放せって言ってんだろうがぁ‼」

バースはモモを突き飛ばして、怒鳴り散らす。

モモはバランスを崩しながらも、バースをきつく睨み続けていた。

二人のやり取りを見ていたケインは腰を上げると、頭をバリバリと掻く。

「モモ。こいつにそれ以上何か言っても無駄だ」

「無駄だって……？　ケインだって、こいつに文句の一つでも言ってやらないと、気が収まらないでしょ⁉」

肩で息をしているモモとバースを冷めた目で見てから、ケインは言葉を続ける。

「バースを置いていこう」

「はぁ!?　てめぇ、何言ってんだ、ケイン!!」

声を荒らげるバースを、ケインはジロッと睨む。

「笛を吹いた者の所に魔物が集まるのかもしれない。それなら、バースをここに置いていけば、魔物たちがこいつに群がるだけで終わる可能性もあるだろ」

ケインがそう言うと、モモは良いアイデアだとばかりに顔色をわずかに明るくする。そしてさっそく御者に声をかけて、馬車を止めた。

しかし、バースがこれに納得するわけがない。

「おい、ケイン!!　俺を裏切るって言うのかよ！」

「裏切る？　お前が馬鹿すぎたのが悪いんだろ。せめてもの情けだ、自分で馬車を降りるなら、殺さないでおいてやる」

ケインの言葉に続いて、乗客の中からも「そうだ、降りろ！」という声が聞こえてくる。

どうやら、ゴブリンの群れを前に、バースは完全に孤立してしまったらしい。

「お、お前ら……」

バースは怒りで耳の先まで真っ赤にして肩を震わせていたが、圧倒的に不利な状況とあって、何も言えずにいた。

突然、バースは何かを思い出したようにハッと顔を上げて振り返る。

「おい、御者!!　俺がこんな所で死んだら、オリバさんが黙ってねーからな!!　家族に無事でいてほしければ、俺がいない状態で馬車を出すんじゃねーぞ!!」

「は、はい!!」

バースが馬車の車体をバンバンッと力強く叩きながら言うと、御者は怯えた様子で返事をした。

なるほど、御者は家族を人質《ひとじち》に取られているのか。

バースのクズっぷりは、期待を裏切らないな。

「ちょっ、ケイン！　あんなこと言ってるけど、どうすんの!?」

「クソッ、時間がないっていうのに、面倒な……」

モモとケインは、バースの行動に頭を抱えている。

……どうやら、これ以上バースたちのやり取りを見ていても、何も変わらないだろう。

ケルも同じ考えのようで、俺の膝から下りてこちらを見上げる。

「ソータ、そろそろ動かんと、手遅れになるぞ」

「うん、そうだね。作戦を立てないとだけど、どうしようか」

ケルと俺の会話を聞いて、サラさんはふむと言ってこちらを見る。

「ソータ、そんなにゴブリンの数が多いのかい？」

「はい、多分百は超えているんじゃないかと思います。本当は護衛パーティの人たちにも支援魔法をかけて、協力してゴブリンを倒しながら進むのがいいんですけど、この状態じゃそれは無理ですね」

ゴブリンの数を考えると、こちらも数がいた方がいい。

バースたちもC級パーティなので、俺が支援魔法をかければ、結構な戦力になってくれるのではないかと一瞬思っていた。

でも、今のこのバチバチした状態で支援魔法なんかかけたら、パーティメンバー同士で殺し合いが始まってしまいそうだ。

それに、ケインやモモが俺の支援魔法を自分の力だと勘違いして襲ってくる可能性もないとは言えない。

「……本当に、どうしようかな」

むむっと唸っていると、ケルが俺の膝に飛び乗った。

「それなら、我に作戦があるぞ」

俺とサラさんは喧嘩中のバースたちをそのままにして、ケルの言葉に耳を傾けて、作戦会議を始めるのだった。

14　ゴブリンの群れ

「うん、それが一番いいかもしれないね」

三人だけの作戦会議を終えると、サラさんは静かに頷いた。

「確かに、その作戦なら俺たち三人でゴブリンの群れを追い払うことはできるかもしれません。でも、ケルとサラさんの負担が大きくないですか？」

俺は改めて二人に確認した。

ケルの作戦は挙動が読めないバースたちを加えないものだし、上手くハマれば一番効率が良い。でも、どうしても前衛を担う二人の負担が大きくなる気がする。

「我は問題ないぞ。真の姿を愚かな人間たちにも拝ませてやることにしよう」

「私も大丈夫かな。ソータの支援魔法があれば、どれだけ数がいてもいける気がするよ」

ケルは胸を張ってふんすと鼻息を漏らして気合十分で、サラさんも自信ありげな笑みを浮かべている。

二人とも無理をしているようには見えない。

……うん、それなら問題はないかな。

「分かりました。それじゃあ、ケルが考えた作戦でいきましょう。二人とも、よろしくお願いします」

俺がそう言って立ち上がると、二人は力強く頷く。

馬車を降りると、そこには喧嘩をしているバースたちのパーティの姿があった。

俺たちが作戦会議をしている間に、一足先に降りていたみたいだ。

あまり仲間割れしているところを他の乗客に見せたくないだろうしね。

バースはこちらに気づくと、苛立ちを隠せない様子で俺を強く睨む。

「あぁ!? なんの用だ、クソガキ！」

バースと対峙《たいじ》する二人もずいぶん機嫌が悪いみたいで、不安と焦りのせいなのか、ずいぶんと顔色が青い。

ケインはバースを指さして、焦った様子で俺に声をかける。

「お、おいガキ！　お前らもバースを説得してくれ。こいつのせいで御者が動きやしねー！」

俺はケインに説得をお願いされるという事態に面食らってしまった。

なるほど、バースを馬車から降ろしたはいいものの、弱みを握られている御者が馬車を出そうとしないから困っている感じかな？

「本当にこいつ、馬鹿すぎでしょ！　どうすんのよ!!」

モモが必要以上に取り乱しているのは、すでに目視で分かる距離まで、ゴブリンの群れが近づいているからだろう。

うん、さすがにこれ以上は悠長にはしていられないね。

「それなら、少しだけ待っていてもらってもいいですか？」

「あぁ？　待ってっておまっ——のんびりしてたら、俺たちもゴブリンの群れに襲われて終わりだぞ！」

俺は焦っているケインをその場に残して、歩き出す。

「俺たちがゴブリンの群れを追い払います。だから、それまで待っていてください」

俺は馬車にいる人たちにも聞こえるように大きい声でそう言ってから、ゴブリンの集団の方に体を向ける。

「馬鹿野郎！　ゴブリンの群れだぞ！　無理に決まってんだろ！」

「ケイン！　こいつらも置いて逃げようよ!!　ヤバいよ！」

後ろからケインとモモの声が聞こえてきた。

……どうやら、あまり俺たちは期待されていないみたいだ。

まぁ、彼らからしたら、俺たちはただの弱い下級パーティだと思っているわけだし、仕方がないか。

でも、乗客のみんなに護衛をやると約束した以上、馬車を守りきらないとね。

すると——

「ソータさんたち！　がんばれ！」

「え？」

思いがけない声に振り向くと、そこには馬車から顔を覗かせている少女がいた。

そして、少女の声援を皮切りに、一気に俺たちを応援する声が馬車の中から溢れてくる。

これには俺たち以上にバースたちが驚いていた。

俺は嬉しさと照れくささで、思わず笑みをこぼす。

「これじゃあ、恥ずかしい戦いはできないね」

「元よりそんな戦いをする気などないぞ、ソータよ」

ケルはそう言うと、一歩前に出てから地面を強く踏んだ。

すると、バンッという音と共にケルを囲むように紫色の魔法陣が形成される。

「さぁ、刮目せよ‼　ゴブリンども、愚かな人間ども‼」

その言葉を合図に魔法陣が光り、ボフッと白い煙がケルを覆う。

そして、煙が晴れた先にいたのは……三匹の可愛らしい黒色の子犬たちだった。

ケルは凛々《りり》しく胸を張っているつもりなのかもしれないが、俺にはちんまりとしている可愛らしい子犬たちにしか見えない。

「か、可愛い……」

馬車の中からもそんな声がするが、俺はあえて聞こえないふりをすることにした。

多分、ケルは今の自分が威圧的な存在だと思っているはず。

それなら、ここは触れないであげた方がいいよね。

「ソータ、私たちに支援魔法をマシマシでお願いしていいかな？」

サラさんは剣を引き抜いてから、俺にウィンクした。

「はい、任せてください」

俺はいつもかけているものに追加で、さらに何重かの支援魔法をサラさんとケルたちにかけた。

すると、ケルたちとサラさんはすぐに体の違いに気づいたのか、おおっと驚きの声を上げる。

「ふむ。ソータの支援魔法があれば、ゴブリンの群れを殲滅《せんめつ》することもできそうだな」

「うん。本当に殲滅できそうな気がするよ」

俺は大袈裟に反応してくれる三匹と一人に笑みを返してから、接近するゴブリンたちへと目を向ける。

「そこまでしなくてもいいですよ。作戦通りにいきましょう。それじゃあ、二人（？）とも、頼みますよ」

三匹のケルたちは、俺に頷いてから一斉に飛び出す。

そして、俺とサラさんはケルたちの後ろを追うようにして戦場に向かう。

ゴブリンの群れは、『魔物呼びの笛』に誘われてやってきたようだが、目の前にいる俺たちに向かって突っ込んできている。

よかった。俺たちを無視して馬車を襲われたら、大変なことになっていただろう。

「よっし、兄弟たち！　兄弟たちはここでゴブリンたちの足止めを頼む！」

ケルが両隣にいる二匹に呼びかける。

すると、俺たちを先導するケルを残して、二匹は二手に分かれて広がった。

作戦では、二匹のケルに馬車近くの最終ラインの防戦を頼むことになっていた。

おそらく、ケルたちなら近づいてきたゴブリンたちを倒しながら馬車を守るという任務をやりきってくれるはずだ。

そして、先頭の一匹はというと、とてて っと一足先にゴブリンの群れに突っ込んでいった。

「ソータ！　我が道をこじ開けるから、見つけ次第ゴブリンロードを頼むぞ！」

「うん、了解！　ケルも気を付けて！」

……ケルが強いことは知っているけど、さすがに今回は数が多すぎるよね。

地獄の門番と恐れられるケルベロスといえども、油断したらどうなるか分からない。無理はないでくれよ。

俺の心配をよそに、ケルは勢いそのままにゴブリンの群れに頭突きをかます。

「ウギャァ！」

「ギィヤ！」

「ギァアア‼」

悲鳴と共にゴブリンたちが次々と吹っ飛ばされていく。

衝撃的な光景を前に、サラさんと俺は呆気にとられる。

「……大丈夫そう、だね」

「え、ええ。さすがケルです」

本当に、さすがとしか言えない。

軽やかな足取りでゴブリンを吹っ飛ばしていくケルに圧倒されていたものの、俺はすぐに気持ちを切り替える。

「それじゃあ、ソータは魔法に集中しておいてね。何があっても、ソータは私が守るから」

「はいっ、お願いします」

心強いサラさんの言葉に頷いて、俺は魔法の準備に取りかかる。

今回の作戦はこうだ。

初めに、ケルたちの中の一匹が、ゴブリンたちをなぎ倒して道をこじ開ける。

そこを俺とサラさんで進んでいき、奴らのボスであるゴブリンロードを見つけ次第、魔法で撃破するというものだ。

ゴブリンロードとは、ゴブリンの群れを率いるリーダー的な存在だ。

そいつをやっつければ、ゴブリンたちは統率を取れなくなる。

そこに少し追い打ちをかけてやれば、ゴブリンたちは戦意を失って巣に戻るっていう算段だ。

しかし、ゴブリンロードは群れの中でも特に強力な個体だ。まともにやり合えば危険が伴うし、時間をかければ囲まれてジリ貧になるから、相応の魔法が必要になる。

だから、ゴブリンロードを見つけ次第、すぐに魔法を放てるように、俺は普通のゴブリンの相手はしないで魔力を高めて準備をしておく。

サラさんには、俺を守りながらゴブリンロードを目視で確認できる所まで連れていってもらわなければならない。

ゴブリンロードの姿を確認さえできれば、俺の魔法で仕留められるはずだ。

この作戦なら、ゴブリンの群れと総力戦をやらずに済むから、人員は俺たちだけでもなんとかなる。

問題があるとすれば、ケルとサラさんの体力が持つかどうかだけど……

「フフッ、容易《たやす》い。綿毛のように飛んでいくぞ、ゴブリンたちめ」

「『一の型、白蓮』！　本当に、体が軽いよ。いつまでも戦えそうだ」

そんな俺の心配をよそに、ケルとサラさんは次々にゴブリンの群れをなぎ倒して、順調に進んでいく。

どうやら、体力面の心配はいらないみたいだ。

軽くゴブリンをあしらっていく仲間たちを頼もしく思いながら、俺は魔力を高めて、魔法を撃つ準備をする。

「やっぱり、まずは拘束魔法だよね」

一撃で相手を屠るくらい大威力の魔法を当てたいところだが、残念ながら重ねがけは時間がかかる。せっかく準備しても、回避や妨害されてしまったら元も子もない。

だからまずは相手の動きを止める必要があるだろう。

ケルのアドバイスもあって、俺の拘束魔法はかなり進化している。

ゴブリンロードといえども、初めて見る俺の拘束魔法には対応できないだろう。

発動に時間がかかって先手が取れないと致命的になりそうなので、魔法の重ねがけはせずにスピードを重視する。常に頭の中に『黒影鞭』を発動できるように準備しておこう。

『魔力探知』で大体の場所は分かっていても、こうも数が多いと簡単には見つけられない。

ゴブリンロードを捉えるためには、サラさんの助けが必要不可欠だ。

「サラさん！　体力は平気ですか？」

目の前のゴブリンを鮮やかな剣技で倒したサラさんが振り返る。

「全然問題ないよ。ケルが言っていたように、このまま殲滅できるくらいだよ」

彼女はそう答えながら剣を振るい、また別のゴブリンを真っ二つにした。

……やっぱり、サラさんって結構強いんだよね。

この力を見抜けなかったパーティは、一体何を考えていたのか。

俺がそんなことを考えていると、不意にゴブリンたちのすき間から、ひときわ体の大きなゴブリンの姿が見えた。

少し遠くにいるけど、『魔力探知』で捉えた場所と照らし合わせても、あれで間違いない。

「サラさん！　今一瞬、こっちの方向にゴブリンロードらしき影が見えました！」

俺はサラさんの服を軽く掴んで注意を引き、目標の方向を指さす。

「こっちだね。分かった。他のゴブリンたちが邪魔だから、ちょっとどかそうか」

「ど、どかす？」

「少しだけ近くを離れるよ」

俺が服から手を放すと、サラさんは一呼吸置いてから地面を強く蹴った。そして、彼女は俺が指さした方に突っ込んでいき、水流のように自然な動きで剣を何度も振るう。

「『三の型、水芭蕉《みずばしょう》』！」

「ギャ!!」

「グギャア！」

「ギギャ!!」

サラさんの進路上にいたゴブリンたちはドミノ倒しのように次々と斬り捨てられ、ゴブリンロードへの道が開かれていく。

やがて、眼前に立ちはだかっていたゴブリンたちが皆倒されて、地面に伏せた。そして、いつの間にかゴブリンロードの姿がはっきりと見えるようになっている。

ゴブリンロードは、突然現れたサラさんに驚きながらも身構える。

「悪いね。君の相手は私じゃないんだよ」

サラさんは余裕の表情でそう言って、真横に大きく跳んだ。

そして、俺とゴブリンロードの間には障害物は何もなくなった。

……サラさん、最高すぎる。

ゴブリンロードはようやく俺の存在に気づいたようだが、すでに遅すぎた。

「『黒影鞭』」

俺が地面に手を置いてそう唱えると、勢いよく地面から飛び出した一本目の『黒影鞭』がゴブリンロードの脚に巻きつく。

「ゴ、ゴォ？」

ゴブリンロードは『黒影鞭』に片足を絡め取られ、わずかにバランスを崩した。

自分が拘束されたことに気づいていないのか、首を傾げている。

よし、この隙に残りの三本の『黒影鞭』を巻きつければ、完全に拘束できる！

俺は以前ケルに言われたことを反省して、『黒影鞭』をそれぞれ別々のタイミングで仕掛ける技術を手に入れていたのだ。

そうすることで、一本目を避けられても、二本目、三本目で相手を拘束することができる。

このまま一気に他の『黒影鞭』で縛り上げてしまえば――

「ゴオオオ!!」

ブチンッ!

「え?」

俺が二本目の『黒影鞭』でさらに縛り上げようとしたとき、ゴブリンロードは強引に一本目を引きちぎってしまった。

ゴブリンロードは俺をギロッと睨んでから、俺に向かって突っ込んでくる。

「ゴオオオ!!」

「マジかっ」

俺は冷や汗をかきながら、慌ててゴブリンロードから距離を取る。

「ソータ!」

「大丈夫です!　サラさんは他のゴブリンたちをお願いします!」

ゴブリンロードとの間に割って入ろうとしたサラさんを制して、俺は地面に手をつける。

どうやら、ゴブリンロードを拘束するには、一本の『黒影鞭』だけでは難しいみたいだ。

もう少し圧縮率を上げつつ、一本目を引き千切られる前に連続して命中させないといけないだろう。

他の方法でもいいから、一時的に相手の動きを制限させられれば、結果は変わるかもしれない。

考えている間にも、ゴブリンロードは俺へと迫ってくる。

俺は迎撃のために『火球』の準備をする。

魔法の重ねがけは強力だが、普通に放つよりどうしても発動に時間がかかってしまう。

それなら、地面を通じて魔法の発射位置を移動させて、単純にそれを連射したらどうなるか？

俺はゴブリンロードと俺の間に『火球』の発射位置を移動させて、ゴブリンロードがその上を通るのをじっと待つ。

すると、そんな俺の思惑《おもわく》に気づいていないゴブリンロードが、『火球』の発射位置の上を通った。

――今だ！

「『火球』、『火球』、『火球』、『火球』、『火球』、『火球』、『火球』!!」

「ゴ、ゴッ！　ゴゴ、ゴォォ!!」

俺が何度も連発して地面から『火球』を撃つと、ゴブリンロードは何が起きたのか分からないのか、慌てて体を守った。

おそらく、地雷式の罠にでもかかったと思ったのだろう。

ゴブリンロードが取り乱しているこの隙に、俺は地面に手を置き、『黒影鞭』の圧縮率を調整していく。

「『黒影鞭』！」

すると、さっきよりも圧縮率が上がった『黒影鞭』が、ゴブリンロードの脚に巻き付いた。

俺はそのまま間髪《かんはつ》を容《い》れずに、二本目の『黒影鞭』でもう片方の脚を縛り上げる。

前回ほど間を空けなかったおかげか、千切られる前に命中し、ゴブリンロードはもう脚を動かすことができなくなっていた。

続いて地面から出てきた残りの二本の『黒影鞭』が両腕を縛り上げる。

それらをピンと張ることで、ゴブリンロードの動きを完全に止めた。

相手が他のことに気を取られている状態なら、拘束するのは容易い。

「ゴ、ゴオオオ!!」

「ふぅ、ようやく第一段階完了」

俺は地面に手をつけたまま、安堵の息を漏らすと、サラさんの様子を窺った。

彼女は俺が『黒影鞭』でゴブリンロードを拘束したのに気づいて、急いでこちらに駆けてくる。

「さすが、ソータだ！　よくゴブリンロードを押さえ込んだね！」

「なんとかって感じですけどね。それじゃあ、このまま攻撃に移ります」

俺がそう言うと、サラさんはこくんと頷く。

これから俺がゴブリンロードにトドメを刺すための魔法を準備する間、サラさんに守ってもらわなければならない。

今度の『火球』を撃つのには、少し時間がかかるから、その間無防備になっちゃうんだよね。

俺はサラさんが守ってくれることを信じながら、一気に六つの『火球』を重ねるイメージを頭の

中で作る。

そして、その発射位置を、拘束しているゴブリンロードの足元に固定。

「『火球』」

『火球』を六つ重ねて、一つの魔法として出力する。

さらに、発射口を絞ることで、準備は完了だ。

「……来た」

俺はゴブリンロードの足元が徐々に真っ赤になっていく様子を見て、グッと力を入れる。

地面が赤を通り越して、赤黒くなった瞬間、ゴブリンロードの足元が爆発した。

ドゴオオォッ！

そして、爆発の勢いで一直線に天へと伸びた炎は、ゴブリンロードの巨体を一瞬で呑み込んだ。

「ゴオオオオ‼」

俺はゴブリンロードの断末魔の叫びを聞きながら、両足を踏ん張る。

『火球』の勢いはすさまじく、周りにいたゴブリンたちがその衝撃波に煽られて転んでしまうほどのものだった。

六つの『火球』を重ねただけあって、ワイバーンを焼いたときよりも火力が強い気がするな。

それから、炎の柱が消えた後、ゴブリンロードは前のめりになり、そのままズシンと大きな音を立てて地面に倒れた。

……黒焦げすぎて原形を留めていないけど、これってゴブリンロードで合ってるよね？

周囲を見渡すと、先ほどまではあんなに勢いづいていたゴブリンたちがオロオロしはじめていて、あきらかに統率が取れなくなっていた。

これは群れのリーダーが倒されたと考えていいだろう。つまり、間違いなく今ここに倒れているのが、ゴブリンロードというわけだ。

「よっし」

俺は小さくガッツポーズをしてから、最後の大仕事をするために回れ右をしてまた地面に手をつける。

後方の最終ラインを守ってくれているケルたちと目配せをすると、彼らはこくんと頷いてから、煙と共にポン姿を消した。

それじゃあ、最後に最高のハッタリをかましますか。

俺は再び魔法を撃つ準備をする。

ゴブリンロードは倒したが、俺には最後の大仕事が残っていた。

それは統率の取れなくなったゴブリンに追い打ちをかけて追い払うこと。

突然、ゴブリンロードというリーダーを失って、ゴブリンたちは冷静な判断ができなくなっている。

だから、少しビビらせてやれば、この群れは散り散りになって逃げていくはず。

逆に、リーダーを殺された怒りで群れごと暴走するようなことになれば、大惨事《だいさんじ》は免《まぬが》れない。

俺は地面に手をついて『火球』を六つ重ねるイメージをする。

魔法の発射位置は、さっきまで二匹のケルたちがいた最終ライン付近。

発射口は限界まで広げつつ、直線状になるように調整する。

……よし、これでいけるはずだ。

「『火球』！」

俺がグッと構えて魔法を唱えると、さっきまでケルたちが守っていた最終ライン付近の地面から、一気に炎が噴き出した。

発射口を広げたため勢いはないが、一瞬だけ堤防のような高さまで炎が立ち上る。

「ギ、ギィ！」

「ギャア！」

「ギギィ!!」

その炎の壁を見たゴブリンたちは、慌てて回れ右をして逃げ出した。さっき自分たちのリーダーが丸焦げにさせられたのを目撃したからだろう。

正直、今の炎は範囲を広げた代償に、威力がほとんどない。

それなのにゴブリンたちは、さっきの炎と重ねてしまったらしい。

恐れをなしたゴブリンたちは、焦って転びながら逃げ出して、自分たちの巣に向かって避難していく。

……うん、ゴブリンロードが一瞬でやられたのが、よっぽどショックだったのかな。

そう思うくらい、ゴブリンたちは慌てふためいていた。

少し経った頃には、俺たちの前にいた大量のゴブリンたちは、一体も残らずに退散していた。

「一件落着、ですかね？」

「うん。そうみたいだね。まさか、本当に三人だけでゴブリンの群れを追い払うことができるなんてね」

俺に頷いたサラさんは、くすっとおかしそうに笑う。

確かに、これだけ少人数でゴブリンの群れを追い払ったという話は聞いたことがない。

今さらになっておかしく思えてきて笑っていると、ケルが俺たちの方にとてててっと走ってきた。

「ソータ！」

ケルはヘッヘッヘッと可愛らしい子犬のような息遣いをしながらぴょんっとジャンプして、俺に抱きつく。

「おっと」

俺が慌てて体を支えてやると、ケルは興奮した様子で顔を上げる。

「さすが我が主であるぞ！　ゴブリンロードをこうも容易く倒すとは！」

「ケルたちのおかげだよ。一人だったらどうしようもなかったと思う」

ケルやサラさんがいなかったら、ゴブリンロードの所までたどり着けなかったと思う。

そう考えると、この三人じゃなかったら群れを追い払うなんて芸当はできなかっただろう。

ケルはよほど興奮しているのか、尻尾をブンブンと振っていた。

確かにゴブリンを追い払えたのは嬉しいけど、ケルがこんなに喜ぶとは思わなかったな。

そう考えながらケルの頭を撫でていると、ケルは俺から視線を外す。

「さて、それではメインディッシュといこうではないか」

ケルはそう言うと、パァッとした笑みを浮かべて馬車の方を見る。

「メインディッシュ？」

なんのことだろうと思って首を傾げながら馬車の方を見てみると、そこには尻餅をついているバースたちの姿があった。

バースたちは完全に恐怖に呑まれた様子で、俺たちを見ている。

……なるほど、ケルの本命はこっちだったか。

俺は尻餅をついている無様なバースを嬉しそうに見るケルの姿に、苦笑せずにはいられなかった。

15　ケルのお楽しみ

「な、なんなんだ、お前らは!!」

バースはすっかり腰が抜けてしまっているのか、尻餅をついたまま怯えた目で俺たちを見る。

ケインとモモも同じような表情を浮かべていた。

「な、なんでクソガキが、あんな高火力の魔法を使えるんだ。あっ、いや……クソガキじゃなくて、えっと……」

「待って！　違うから、別にあんたたちに危害を加えようとか考えてたわけじゃないの！　あ、あんたたち以外の乗客を少し痛めつけようと思っていただけだから！」

慌てた様子のケインとモモは余計なことを口走ってしまい、上手く取り繕えていなかった。

ん？

ゴブリンたちを追い払ったのに、なんでこんなに恐れられるんだ？

称賛されるならまだしも、怖がられるようなことをした記憶はないんだけど。

俺は怯えている護衛組を見て、むむっと考える。

あっ、もしかして、さっき俺が最終ライン付近に広範囲の『火球』を使ったとき、自分たちが攻撃されるとでも勘違いしたのかもしれない。

あれはゴブリンたちをビビらせるためだったんだけど、期せずしてバースたちに力を誇示《こじ》する形になってしまったのか。

俺がちらっと目を向けると、バースは体をビクンとさせる。

……うん。そんなつもりはなかったんだけど、効果はてきめんみたいだ。

「ほっ」

「え？　てっ、うわっ!!」

護衛組の変わりように笑いをこらえきれずにいると、ケルがとてててっと走って、尻餅をついているバースの上半身を地面に叩きつけた。

ケルにしては優しすぎる一撃か。

バースは軽く頭を地面に打ったらしく、後頭部を押さえながら体を起こそうとする。

しかし、ケルに押さえつけられているので、なかなか体を起こせない。

「な、何しやが——い、痛いっ！　痛てててっ!!」

「何をする？　貴様が言ったのではないか、『弱い奴が強者に逆らって生きていけるわけがない』と」

ケルはそう言うと、前足でグッとバースの胸を押して、バースの胸骨をミシミシッと鳴らす。

「貴様よりも我の方が強いのだ。つまり、我は貴様に何をしてもいいのだろう？　んん？」

ケルは尻尾をブンブンッと振りながら、バースの胸を強く押し続ける。

「ちがっ、や、やめっ、やめてください!!　た、たすけっ、助けて!!」

初めは抗おうとしていたバースだったが、見た目にそぐわないケルの力によってビクともしない。

さらに押し込まれる前に情けない声を出した。

やがて、馬車にいる乗客たちが、バースを見下すような視線を向けはじめる。

「……おい、見ろよ。バースのやつ、子犬に命乞《いのちご》いしているぞ」

「バースって、ただ粋《いき》がっていただけで、強くないんじゃね？」

「あの子犬、ただ遊んでほしがってるだけだろ？　なんで怯えてんの？」

「ただの子犬に命乞いをするなんて情けない」

そんな言葉が、ちらほら聞こえてくる。

もしかしたら、馬車の乗客たちはケルが戦場に突っ込んでいったところを見逃していたのかもしれない。

……いや、さっきの戦いを見た後でも、ケルがヘッヘッヘッと息を弾ませながらでバースを押し倒してる姿は、軽くじゃれているようにしか見えないのかもしれない。

バースは一瞬乗客たちに何かを言い返そうとしたが、ケルにさらに強く胸元を踏まれて、命乞いの声を大きくしていた。

ケルはそんなバースの姿を見て、パァッとした笑みを浮かべる。

「フフッ。助けてほしければ、馬車に乗る人たちに頭を下げるがいい。弱い人間の分際で粋がったことを、貴様が謝罪するのだ」

「する！　しますから！　た、助けてくださいぃぃ!!」

バースの返事を聞いたケルは、満足そうな表情を浮かべながらパッと前足を下ろす。

すると、バースは少し呟き込んでから、馬車に向かって勢いよく土下座をした。

「お、俺は弱いくせに粋がりました！　すみませんでした!!」

バースは土下座の勢いに任せてそう言うと、ケルをちらっと見る。

意外だ。バースがこんなに簡単に人に頭を下げるなんて。

どうやら、プライドよりも自分の命の方が大事な人間だったみたいだ。

確かに、あれだけオリバに尻尾を振っていたわけだし、プライドはそこまで高くなかったのかもしれないな。

ケルは少し考えてから、ぎゅむっと肉球をバースの顔に押し付けて、顔面を軽く踏む。

そして、ケインとモモも、慌てながら馬車の乗客たちに土下座をする。

「フフフッ、実に愚かな人間たちだ」

ケルは上機嫌そうにそう言って、尻尾を可愛らしく振る。

……ケル、いつになく顔がキラキラしてるなぁ。

こうして、俺たち対ゴブリンの群れの戦いは、ケルも大満足の結果に終わったのだった。

◆

「あれ？　ソータくん？」

ゴブリンの群れを無事に追い払ってから、俺たちの乗る馬車は目的地であるタロスの街の停車場に到着した。

すると、そこには思いもしなかった人たちがいた。

「え、なんでエリさんたちが？」

そこには、冒険者ギルド職員のエリさんと、ギルドマスターのハンスさん、それと憲兵たちの姿があった。

俺が馬車から降りると、エリさんは俺の後ろからずらっと降りてきた人たちを見て、目をぱちくりとさせる。

「ん？　な、なんでもうバースさんたちが手縄を？」

エリさんとハンスさんの視線の先には、手を縛られた状態のバースたちがいた。

ゴブリン騒ぎの後、バースたちが変なことをしないようにと思って、御者が持っていた縄を使って手を縛っておいたのだ。

「あー、色々とありまして」

俺はエリさんにそう答えてから、頬を掻く。

それから、俺はバースたちが今までやっていたことと、今日の出来事を掻い摘んで話した。

俺の話を聞き終えたエリさんとハンスさんは、あからさまに大きなため息を漏らす。

「ゴブリンの群れが近い所で魔物を呼ぶ笛を……バースさん、何がしたいんですか？」

「お前らは、なんでそうも罪を重ねたがるんだ」

二人にじろっと見られて、バースはたまらず視線を逸らす。

反省しているようには見えないけど、とりあえずギルドに報告はできた。

多分、これで冒険者ギルドも動いてくれるだろうし、バースたちを捕まえてくれるだろう。

「そういえば、エリさんたちはどうしてここに？」

「バースさんたちが乗客たちを恐喝してるって聞いて、憲兵さんと一緒に捕まえに来たんですよ」

エリさんはそう言うと、腕を組んでバースを軽く睨む。

それから、今度はエリさんから、バースたちの恐喝を報告してきたという乗客の話を聞いた。

エリさんの話によると、個人的に馬車を借りて、一足先にタロスに戻ってきた人がいたらしい。

そしてその乗客が、事の顛末《てんまつ》を報告したとのこと。

そういえば、行きの馬車にいた人が、帰りの馬車に何人かはいなかった気がする。

まだヘリス高原に残っているのかと思ったけど、先にタロスに戻っていたのか。

「ちっ！　チクりやがったのかよ。あいつら、オリバさんが怖くないのかよ」

バースが聞こえるように舌打ちをすると、ハンスさんが怪訝な顔で見返す。

「何言ってんだ？　オリバなら捕まったぞ」

「は？　つ、捕まった⁉　聞いてねーぞ！」

バースは驚いて、勢いよく俺をバッと見る。

縄で縛られているケインとモモも、なぜか俺に説明を求めるような顔を向けてくる。

「いや、別に雑談するほどバースと仲良くないし、言ってないけど」

俺が首を傾げながらそう言うと、バースは何か言おうとして口をパクパクとさせていた。

「お、おまっ――」

別に、わざわざ教えてあげる義理はないしね。

やがて憲兵たちはバースたちを護送用の馬車に押し込んで、その場を後にした。

「そういえば、バースたちってどんな処分になるんですか？」

俺が興味本位で聞いてみると、エリさんは少し考えてから答える。

「バースさんは恐喝《きょうかつ》だけではなく、故意に魔物を集めて大勢に危害を加えようとしたわけですからね。まぁ、炭鉱行きでしょうね。他の皆さんは余罪次第ですね」

「なるほど。確かに、把握していないだけで余罪が結構ありそうですもんね」

ここまで悪いことをする連中が、恐喝だけしかしていないとは考えられない。

もしかしたら、刑期が多少違うだけで、みんな仲良く炭鉱送りになったりするかもしれないな。

「まぁ、炭鉱から帰ってきても、頼みのオリバはいませんから、もう今までみたいに好き勝手にはできないでしょう」

エリさんが言ったとおり、オリバの脅威《きょうい》がなければ、街の人は言いなりにはならない。悪事をすれば簡単にギルドに報告されるというのは、今回の事件でバースも身をもって分かっただろう。

……今後は、オリバの部下が起こす変な事件に巻き込まれなければいいな。

俺はそんなことを考えながら、護送用の馬車を見送るのだった。

16　一件落着？

「ふぅー、ようやく色々終わりましたね」

バースの悪事に巻き込まれた俺たちは、しばらくの間冒険者ギルドで今回の事件の詳細を話すことになった。

バースがゴブリンの群れを呼んでしまったとあって、冒険者ギルドとしては色々と確認しなければならないみたいだ。

ようやく冒険者ギルドから解放された俺たちは、ご飯を食べるために、近くの食事処に来ていた。

「――でも、臨時収入もあったし、結果的に良かったんじゃない？」

サラさんの言葉に、俺はしみじみと頷く。

「本来バースたちがすべきだった護衛の依頼報酬と、馬車の乗客たちから有志で集められたお礼。結構な額を貰っちゃいましたね」

冒険者ギルドからは、俺たちのパーティが馬車の護衛を代行していたことと、バースたちが呼び寄せたゴブリンの群れから乗客たちを守ったことに対する報酬が支払われた。

そして、乗り合わせた乗客たちからも、お礼としてお金を貰ってしまった。

俺たちは修業に行っただけなのに、蓋を開けてみれば、普通に依頼をこなす以上の報酬を手にしていた。

「これで、いよいよあのボロ屋から出ていけますよ。どこに泊まろうかな」

寝返りをうつ度にキシキシと鳴らないベッドがある場所がいいなぁ。

俺がウキウキ気分で小さく体を揺らしていると、サラさんは俺を見てくすりと笑う。

「それなら、今私が泊まっている所はどうかな？　値段もお手ごろだし、ソータが泊まっている宿よりも、設備は良いと思うよ。確か、まだ部屋も空いてるんじゃないかな？」

「本当ですか？　そんな良い所ならそこもありですね」

「ふふ……多分、ソータが泊まっていた所よりも設備が悪い所なんてないよ。少なくとも、この街にはね」

サラさんが冗談めかして笑うので、俺も釣られて笑ってしまう。

「そうですよね。うん、もっと頑張って、良い宿に泊まれるようになりたいです」

「ソータよ。何を当たり前のことを言っているのだ」

俺がそう言うと、ケルは俺の脚に自分の前足を乗せる。

それから、ケルはヘッヘッヘッと子犬のような息遣いをしながら、俺を見上げる
「ソータはこれから成り上がるのだ。獄中にいる愚かな人間たちにソータの名が届くくらいに！

そして、獄中にいようとも、あの無駄に高いプライドをズタズタにしてやろうではないか！」

ケルはニパッとご機嫌に笑いながら、尻尾を振る。

俺はいつもと変わらないケルの言葉に笑みを浮かべて、ケルの頭を優しく撫でる。

「成り上がりか。まぁ、それもいいかもね。でも、今はそれよりも……」

「あ、ソータ。料理が来たよ」

サラさんに言われて、俺は運ばれてきた料理に視線を移す。

いつもよりも少しだけ奮発した食事を前に、俺は喉を鳴らす。

今は、豪華な料理を楽しむ方が先だ。

俺はそんなことを考えて、良いお肉を頬張る。

その味に感動しながら、俺はサラさんとケルと、なんでもない話をして盛り上がる。

俺にとっては成り上がりよりも、パーティメンバーと楽しく過ごせるこの時間を味わう方が重要かな。

今までできなかったことを、最大限に楽しみたい。

もしかしたら、その結果成り上がることになるかもしれないけど、それはそれで面白いかもしれない。

満面の笑みを浮かべているケルを見て、俺はそんなことを考えるのだった。

月が導く異世界道中
Tsukiga Michibiku Isekai Dochu
あずみ圭
Azumi Kei
1~20
8.5
シリーズ累計420万部の超人気作！
（電子含む）
TVアニメ第3期制作決定!!
1~20巻
好評
発売中!!
コミックス
1~14巻
好評発売中
illustration：マツモトミツアキ
異世界へと召喚された平凡な高校生、深澄真。彼は女神に「顔が不細工」と罵られ、問答無用で最果ての荒野に飛ばされてしまう。人の温もりを求めて彷徨う真だが、仲間になった美女達は、元竜と元蜘蛛!?とことん不運、されどチートな真の異世界珍道中が始まった！
▶3期までに◀
原作シリーズもチェック！
20巻 定価：1430円（10%税込）
1~19巻 各定価：1320円（10%税込）
14巻 定価：770円（10%税込）
1~13巻 各定価：748円（10%税込）

ドラゴンをパートナーとして使役する竜滅士の超名門、ドラグネイズ公爵家に生まれた転生者、レクス。彼が相棒として授かったのは――かわいさだけが取り柄の、最弱竜だった!? そんなわけで、レクスは追放されることになったのだが、じつは彼としては好都合。というのも、転生前は異世界ラノベ愛好者だったので、貴族ならではのいざこざにも、面倒くさいトラブルにも巻き込まれない、のんびりスローライフができると、心をときめかせていたのだった。落ちこぼれ公爵令息ともふもふ竜が、観光に、グルメに、たまに冒険に、異世界を全力で楽しむ絆の物語、いざ開幕!

◎定価:1320円(10%税込)　◎ISBN 978-4-434-34517-3　◎illustration:ろこ

秘密だらけの愛されファンタジー開幕!

ハイスペックな完璧家族の末姫に転生した魔力なしの落ちこぼれ、アナスタシア。使用人にも出来損ないと馬鹿にされる日々の中、家族ともっと仲良くしたいと考えた彼女は、誕生日プレゼントを贈ったり、勇気を出して話しかけたりと努力を重ね続ける。そんなある日、アナスタシアを転生させた女神から「世界を救う、誰にも内緒の使命」の話をされる。アナスタシアは女神の頼みを引き受けるも、実は密かに末姫を溺愛している家族は、彼女が危険な目に遭うのを全力で防ごうとしてきて——!?

●定価:1430円(10%税込) ●ISBN:978-4-434-34509-8 ●Illustration:azな

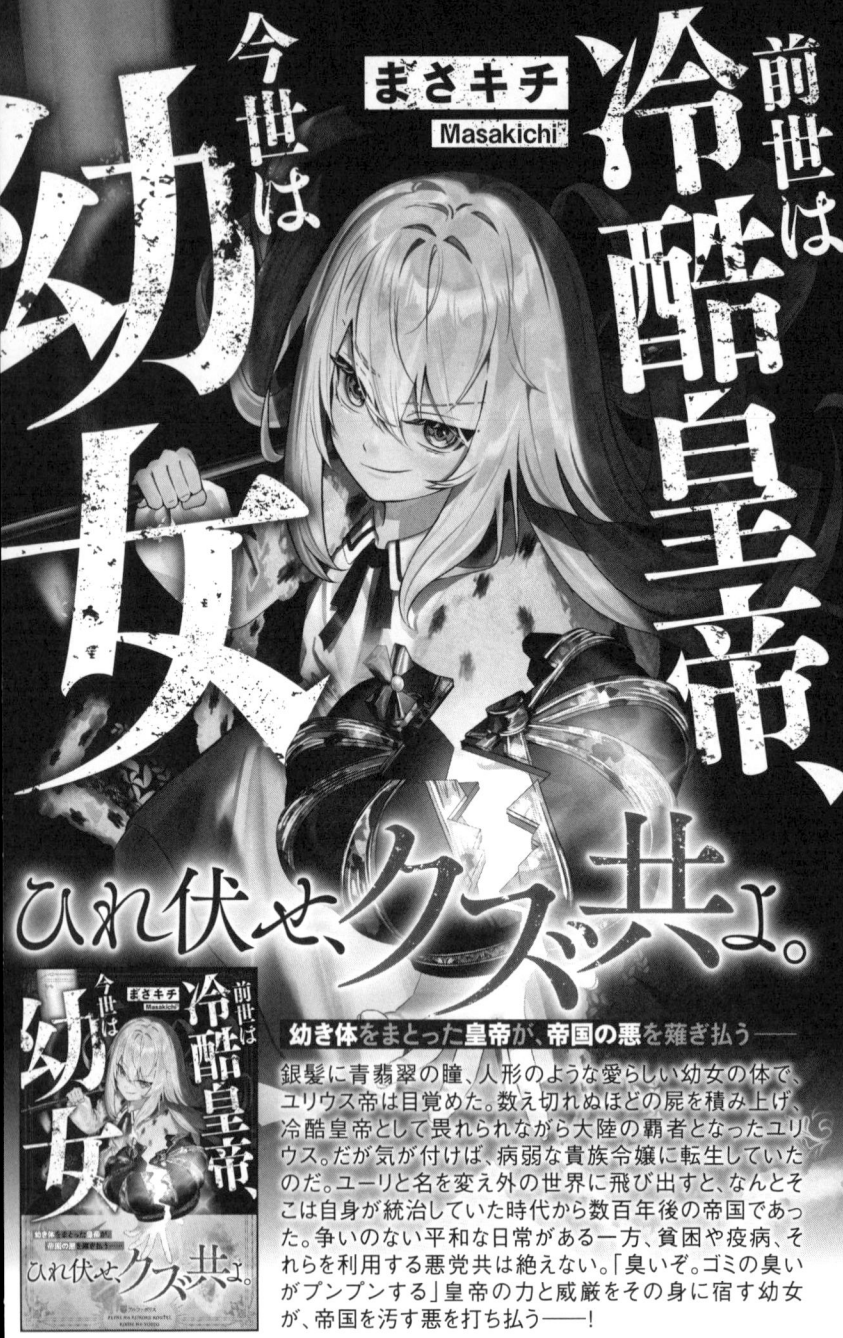

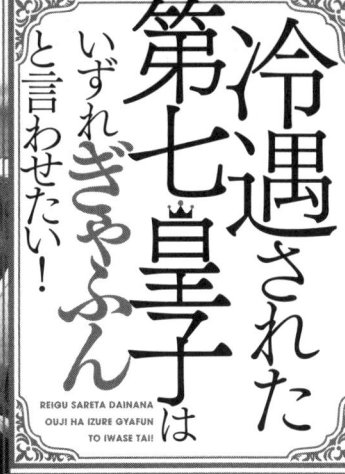

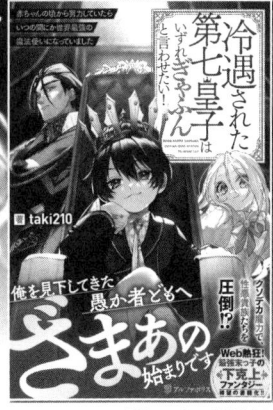

チート幼女の最強ゆる旅ファンタジー!

過保護すぎる神獣と異世界ゆるめぐり目指します!

のちに人類を救う大発明をする母子を庇って車に撥ねられ、命を落としたOL今井優希。超重要人物を助けた功績から、女神様に異世界へ転生させてもらったら……「めがみしゃま! ようじになるなんて、きいてにゃいでしゅよー!!」手違いでふかーい森の中に落っことされ、なんと幼女(3歳)になっていた! ステラと名を変えた彼女の目標は、働きづめだった前世の分まで今世を楽しむこと。魔物グルメを堪能したり、光魔法で無双したり——目指すは異世界ゆるめぐり!? 女神様が遣わした過保護な神獣と共に、ステラの気ままな旅が始まる!

●定価:1430円(10%税込) ●ISBN 978-4-434-34358-2

●illustration: Ginlear

異世界転移し、公爵令嬢として生きていくことになったサラ。転移先では継母に蔑まれ、生活環境は最悪。そして、与えられた能力は異空間にあるアパートを使用できるという変わったものだった。途方に暮れていたサラだったが、異空間のアパートはガス・電気・水道使い放題で、食料もおかわりOK!　しかも、家を出たら……すぐさま町やダンジョンに直結!?　超・快適なアパートを手に入れたサラは窮屈な公爵家を出ていくことを決意して——

◉各定価：1430円（10%税込）

◉illustration：くろでこ

この作品に対する皆様のご意見・ご感想をお待ちしております。

おハガキ・お手紙は以下の宛先にお送りください。

【宛先】

〒150-6019 東京都渋谷区恵比寿4-20-3 恵比寿ガーデンプレイスタワー 19F
（株）アルファポリス　書籍感想係

メールフォームでのご意見・ご感想は右のＱＲコードから、
あるいは以下のワードで検索をかけてください。

アルファポリス　書籍の感想　検索

ご感想はこちらから

本書はWebサイト「アルファポリス」(https://www.alphapolis.co.jp/）に投稿されたものを、改題、改稿、加筆のうえ、書籍化したものです。

拾《ひろ》った子犬《こいぬ》がケルベロスでした
～実《じつ》は古代魔法《こだいまほう》の使《つか》い手《て》だった少年《しょうねん》、本気出《ほんきだ》すとコワい（?）愛犬《あいけん》と楽《たの》しく暮《く》らします～

荒井竜馬（あらいりょうま）

2024年 9月 30日初版発行

編集－仙波邦彦・宮坂剛
編集長－太田鉄平
発行者－梶本雄介
発行所－株式会社アルファポリス
〒150-6019 東京都渋谷区恵比寿4-20-3 恵比寿ガーデンプレイスタワー19F
TEL 03-6277-1601（営業）　03-6277-1602（編集）
URL https://www.alphapolis.co.jp/
発売元－株式会社星雲社（共同出版社・流通責任出版社）
〒112-0005東京都文京区水道1-3-30
TEL 03-3868-3275
装丁・本文イラストーゆーにっと
装丁デザイン－AFTERGLOW
印刷－中央精版印刷株式会社

価格はカバーに表示されてあります。

落丁乱丁の場合はアルファポリスまでご連絡ください。

送料は小社負担でお取り替えします。


ISBN978-4-434-34508-1　C0093